»LA GAJA SCIENZA«

VOLUME 1046

NEI TUOI OCCHI DI BAMBINO

Romanzo di
TIBERIO TIMPERI

LONGANESI

Gruppo editoriale Mauri Spagnol

www.longanesi.it

ISBN 978-88-304-3265-9

NEI TUOI OCCHI DI BAMBINO

A Daniele

La notizia mi ha spiazzato. Anche se ci speravo da tempo.

Stefania ha aspettato un po' a dirmelo. Per esserne sicura.

Poi, l'altro giorno, luminosa e fiera come sempre, mi dice: « Matteo, molla il telefonino per un attimo, ti devo parlare ».

Mentalmente ripercorro gli ultimi mesi e mi dico che non mi devo allarmare, no, tra noi va tutto bene. In una manciata di secondi ho scannerizzato tutto il passato prossimo della nostra storia. Niente, nulla di anomalo. Tutto a posto. Eppure, anche se apparentemente tutto è a posto, mi dice: « Ti devo parlare ».

Archiviati i timori, la guardo mentre sta per aprire bocca.

Ha una strana luce negli occhi.

Quando intreccia le dita e inclina la testa, improvvisamente capisco.

Un'illuminazione. Vuoi vedere che...

« Matteo, sono incinta, ti amo. »

Un attimo per capire. La sua testa che annuisce. Il suo sguardo che fotografa le mie reazioni.

Io che resto senza parole, sopraffatto, soffocato dalla gioia che esplode dentro di me alla notizia di una vita nuova. La abbraccio e piango. Non riesco a fare altro. Un pianto liberatorio. Di felicità pura. Lascio che a parlare sia il silenzio.

Amo Stefania. Ora più che mai. Amo lei e quella vita che sta portando in grembo.

Ma ho anche paura. Paura di sbagliare, di amare troppo, di perderla. Paura dei fantasmi del passato. Tutte le paure del mondo.

Il cerchio della vita si sta per chiudere.

Papà. Sarò papà. Diventerò papà.

Tra le lacrime di gioia, esplode l'euforia. Sono lacrime molto dolci. Per niente salate. Piango e rido. Quanto l'ho cercata la dolcezza di queste lacrime. Eppure, anche se il momento è di quelli indimenticabili, il pensiero va a lacrime ben diverse, quelle che ho versato in passato e che pesano ancora.

Nel momento di massima gioia, mi ritorna in mente la separazione dei miei. Sì, sono figlio di genitori separati. Due vite parallele, le loro. Due vite che non si sono mai incontrate, nonostante me. O, forse, proprio per colpa mia.

Ma adesso le cose stanno per cambiare.

Ricaccio dentro le lacrime, perché presto sarò papà.

Mi vien voglia di gridarlo per la tromba delle scale, di attaccarmi a tutti i citofoni della città. « Sarò papà, diventerò papà! »

Ma non si può, perché ancora non si deve dire in giro. È più prudente aspettare almeno tre mesi. Non avrei mai pensato che un segreto potesse pesare così tanto.

Un figlio mio e di Stefania, un figlio nostro. Bello pensare al plurale. Sarà un maschio? Una femmina? Non importa.

All'improvviso, la mia vita passa in secondo piano. Tutto diventa più lieve e lontano.

Il bambino in arrivo è come un segno di pace. Una colomba bianca, un invito all'amore.

Avevo poco più di un anno quando i miei genitori si lasciarono e papà se ne andò via di casa.

Tutte le volte che ho cercato di parlare della separazione, lui si è tirato indietro.

Un muro di gomma.

In quei frangenti, il brillante giornalista Leonardo Alessi perdeva la parola. Si ammutoliva come un bambino triste.

Il massimo che sono riuscito a fargli dire è stato: «Non andavamo d'accordo, per cui ho preferito scegliere il divorzio. Per non farti assistere alle scene di due che si tiravano i piatti».

Sì, ma perché?

E perché gli si rompeva la voce mentre me lo diceva?

A un certo punto ho smesso di fare domande e da allora l'argomento è diventato tabù, ma non potrò mai dimenticare i nostri abbracci ogni volta che mi riportava a casa di mamma.

Il vento dell'autunno, qui a Carsoli, spazza le foglie. Tira aria di inverno precoce. Per i vicoli non c'è nessuno. I gatti sono acciambellati davanti alle porte. La legna nel camino forse si decide a bruciare. Le fiamme guizzano e mi incantano. Scoppiettii, sibili. Carsoli mi è sempre piaciuta. Poca gente, poche parole. Tanto silenzio e la possibilità di ascoltare i pensieri. E questa casa, che apparteneva ai miei nonni paterni. Eccola qui, la poltrona di papà. Impolverata e sgangherata. Dio, quanta polvere ho tolto. E quanti danni può subire una casa dimenticata. Una casa non abitata è come un amore non coltivato. Muore.

Pare quasi che si vendichi con te, facendo affiorare macchie di muffa, ragnatele, intonaci stanchi di rimanere aggrappati alle pareti.

Domani andrò a trovare mio padre e gli darò la notizia.

E ovviamente andrò da mamma.

Vorrei tanto che riuscissero a parlarsi.

Mi piacerebbe vederli uniti da un abbraccio. Magari formale. Ma sempre un abbraccio.

E spero che il figlio che Stefania porta in grembo possa fare il miracolo.

I bambini uniscono.

Sono stanco. Da due giorni non faccio che pulire, qui a Carsoli. Tra scatole e scatoloni, ci sono una marea di album con mille foto di me da bambino. Io. Sempre io, in ogni momento della giornata.

Foto. Ritagli di articoli. La mia vita e quella di mio padre.

In fondo a uno scatolone, sepolti da una catasta di

Gente Motori *e* Quattroruote *e di articoli di papà – e che impressione leggere così tante volte il suo nome, Leonardo Alessi – spuntano dei volumetti neri che accendono la mia curiosità.*

Sono delle Moleskine. Severe nella loro nera livrea. Gonfie di fogli e biglietti. L'elastico che le chiude sembra stia per saltare. Sul frontespizio l'etichetta con l'anno. Questa per esempio è del 2009. Trent'anni fa.

Ora che le vedo, ricordo che erano sempre in giro per casa. In cucina, la mattina presto a colazione. O la sera, sulla scrivania. Una splendida roll-top in rovere. Uguale a quella che c'era in casa di mamma. Papà, la Moleskine e la Montblanc.

Quante volte l'ho visto scrivere su questi quadernetti che non mi ha mai permesso di leggere.

Soffio sulla polvere e apro.

Muffa e pagine incollate.

Bello ritrovare la sua grafia. Il suo tratto svolazzante.

C'è una sedia a dondolo, qui, pronta ad accogliermi.

Mi accomodo e inizio a leggere i diari di papà. Ho tutto il tempo che voglio.

COSTRUIRE UNA TORRE E POI BUTTARLA GIÙ

28 agosto

Come è stato possibile arrivare fin qui e ridurmi in questo stato?

Non pensavo che a un certo punto della mia vita sarebbe andato tutto a rotoli.

E invece è successo.

Nello stomaco ho un groviglio che non basterà una vita per sciogliere.

Cerco di mantenere la calma, respiro.

Mi commuovo facilmente. Ieri ho pianto davanti a uno di quei tramonti che sembrano incendiare Roma.

Ho solo due certezze.

Sono vivo.

E ci sei tu, Matteo.

Già, come è stato possibile arrivare fin qui e ridurmi in questo stato?

Ero solo, ma non mi mancava niente. Non avevo dipendenze affettive da risolvere. Da solo stavo bene, mi bastavo. Però mancava qualcosa. Un tassello, quel tassello che avrebbe completato il puzzle della mia vita.

Una donna. Dei figli.

« Ho voglia di innamorarmi » cantava Francesco Baccini, e io con lui.

Finché un giorno arriva lei.

Bionda, capelli lunghi e morbidi come la seta.

Due labbra che aspettavano solo di essere baciate.

E il mio desiderio che si accende.

Dopo un mese, Fiamma era fissa a casa mia.

Post-it attaccati la mattina sul frigorifero con scritto « Buongiorno, amore ».

Sesso sfrenato.

L'odore del suo corpo. La seta dei suoi capelli.

Ogni centimetro della sua pelle da esplorare.

Le nostre parole che spostavano sempre più in là i confini della fantasia.

Il paradiso. Per me tutto questo era il paradiso.

Non avrei mai pensato che il paradiso, un giorno, sarebbe diventato l'anticamera dell'inferno.

Impossibile immaginarlo.

La voglia di innamorarmi.

La voglia di avere un figlio.

Una miscela esplosiva.

Il suo corpo, le sue carezze avevano sgretolato ogni mia difesa e polverizzato la mia lucidità. Una droga che regala felicità, ma una felicità artificiale, effimera, devastante.

Toccavo il cielo con un dito.

Il cielo era azzurro, senza nuvole, eppure la tempesta era lì. Dietro l'angolo.

Avevo appena disfatto le valigie. Pensavo di fermarmi. Per sempre. E invece...

Sei nato in un caldo pomeriggio di luglio. Nel silenzio della clinica sento passi che si avvicinano. Nel silenzio i passi rimbombano come in un thriller.

« È nato, venga » mi dice il medico.

Sei tu.

Mentre mi avvicino alla sala parto, mi accorgo che i miei passi sono sempre più leggeri. Dentro, tutto mi si rimescola e le lancette dell'orologio si preparano ad accelerare.

Sala parto. Un saluto alla mia futura nemica. Ed eccoti.

Matteo. Matteogrumodisangue. Ti tengono per i piedi. Sei a testa in giù. Piangi. Tutto si svolge con una meccanicità e una rapidità impressionanti. Gesti ripetuti all'infinito. Per gli infermieri sei uno dei tanti.

Per me sei l'Unico.

Mio figlio.

Ho la macchina fotografica. Non me la sento di scattare. Certe immagini saranno solo mie e mi accompagneranno per sempre.

Mio figlio.

Il cerchio della vita.

Il cerchio si è chiuso.

Tutto nasce e muore con te. Per te.

I primi mesi corrono felici e veloci.

Il moncone del cordone ombelicale da medicare, il biberon da scaldare, il ruttino, i pannolini.

Carrozzine, seggiolini e seggioloni, poi i primi omogeneizzati.

Prezzi da confrontare, ricerche su Internet. Non c'è tempo per pensare. La vita corre veloce. Sei un mistero tutto da decifrare. Non vedo l'ora di tornare a casa dal lavoro per stare con te.

E, quando tutto dovrebbe essere solido e compatto, ecco invece le prime crepe.

Prima minuscole, poi sempre più evidenti.

Fiamma è lontana, distratta. Urge una soluzione, giocare al recupero. Il matrimonio. Anche se non ne sento il bisogno.

Per unire due persone, per sempre, dovrebbe bastare un figlio.

Invece no, e allora eccomi pronto per le nozze.

Cerimonia sobria. Pochi invitati, praticamente i parenti più stretti. E io che arrivo in municipio con una vecchia auto degli anni Settanta. Una Fiat 128 verde pisello.

Simpatica, forse pittoresca.

Lei storce il naso. Non gradisce.

Già pensa alla festa. Villa, megaschermo, tanti ospiti. Meglio se eccellenti.

Pur essendo orso e detestando un certo tipo di mondanità, non ho niente in contrario. E la festa è stata l'ultima volta in cui Fiamma mi è sembrata felice.

Matrimonio anno zero.

Dodici mesi di lento, inesorabile declino. La nave affonda. Fa acqua da tutte le parti. L'orchestra suona, ma il destino è segnato. E io me ne rendo conto.

Il sogno sta diventando un incubo.

Ogni pretesto è buono per litigare. Per lei sono diventato un incapace, un buono a nulla.

Il sesso è un lontano ricordo.

La suocera arbitro di tutto. Come e più di prima. Ma ormai in ogni sua parola c'è del veleno. Separata anche lei, con lunghe giornate da riempire, invade ogni momento della nostra vita.

15 settembre

In campagna ci si prepara alla vendemmia.

Come l'uva, anche la mia storia è matura.

Per la separazione.

A ognuno il suo.

A casa cresce la tensione, nonostante si cerchi di salvare le apparenze. Inevitabile lasciarsi.

Ci arrivo come uno sprovveduto.

Totalmente impreparato. Gli avvocati dovrebbero rappresentarti lo scenario. Il prima. Il durante. Il dopo. I dolori. E invece niente.

22 settembre

Mi rivolgo a un avvocato che ha fama di essere il top in tema di separazioni.

Come giornalista lo avevo intervistato tempo addietro. Quello che si usa definire un « avvocato di grido ».

Capisco, a mie spese, cosa significhi.

Il grido è quello che farò davanti alla parcella.

Primo appuntamento.

Villa Celimontana, a due passi dal Colosseo.

Location prediletta dai registi per i loro film.

Ma il mio non è un film.

Eccolo, l'avvocato. Giacca e cravatta. Capello fluente. Abbronzatura ineccepibile. Niente è fuori posto in lui.

Piuttosto io.

Lui sicuro.

Io confuso.

Roma intanto ha deciso di regalarsi uno spudorato e incongruo cielo azzurro.

Ormai la decisione è presa.

La lettera parte.

È il biglietto per un viaggio di non ritorno.

Passano i giorni. A casa l'aria è irrespirabile.

Mi concentro su di te. Mi preoccupano i racconti di alcuni miei colleghi di redazione.

Ho il terrore di perderti. Di non vederti più con la stessa libertà di prima. E infatti non vengo mai lasciato solo con te. Ogni mia mossa viene osservata. Siamo in libertà vigilata.

La lettera arriva, ma lei non dice nulla. Elabora la strategia. Mette a punto i particolari.

Come non tarderò a scoprire.

L'offensiva è pronta per essere sferrata.

Separazione?

No.

Guerra.

Guerra contro un uomo.

Contro un padre.

Un padre colpevole di voler fare il padre.

Questo il mio delitto.

7 ottobre

Caro Matteo,

pomeriggio di pioggia qui a Carsoli.

Non c'è differenza tra cielo e asfalto.

Piove. Fa freddo.

Anche nel mio cuore.

Da sabato 24 settembre non sono più in casa a giocare con te.

Sono dovuto andare via. Sono stato denunciato per maltrattamenti.

Nei giorni successivi, scoprirò anche un'altra denuncia. Ti avrei sbattuto a terra in un momento d'ira, ferendoti a un gomito. In realtà stavi salendo sulla scaletta della libreria mentre io ti riprendevo con la videocamera.

Hai perso l'equilibrio mentre cercavi di tenerti in piedi e ti sei fatto male.

Una sbucciatura. Lei mi ha obbligato a portarti al pronto soccorso per refertare tutto.

Per fortuna, nelle riprese si vede che tu non sei in braccio a me e che sei caduto da solo...

E così in pochi giorni ho imparato a conoscere il commissariato di zona. Ormai qui sono uno di casa.

La mia popolarità cresce in maniera esponenziale.

Manca solo che mi diano il badge...

Quattro denunce in poco più di una settimana.

Per uno che, al massimo, è entrato in un commissariato solo per chiedere il passaporto o che si agita quando arriva una raccomandata con ricevuta di ritorno, non è certo un bel vivere.

18 ottobre

Caro Matteo,

scusa se in questi giorni non ti ho scritto.

Ho avuto tanto da fare, ma sei sempre stato nei miei pensieri. In ogni istante della giornata.

Qui a Carsoli ho le tue foto sul comodino, in soggiorno. E sei lo sfondo del computer.

Sono le otto del mattino. Se le tue abitudini non sono cambiate, stai ancora dormendo.

Ieri sono passato a ritirare la posta. La portinaia mi ha detto che stai bene. E tanto mi basta.

L'altro giorno, invece, ho lasciato degli omogeneizzati misti. Un modo per dire che ci sono. Ma intanto si è messa in moto la tremenda strategia processuale. Il suo avvocato ha scritto al mio dicendo che non mangi più gli omogeneizzati e che anzi saresti allergico a quelli al pesce. E da quando?

Strategia. Pura e semplice strategia.

Serve per offrire al giudice, qualora legga il fascicolo, un'ulteriore conferma della mia scarsa attitudine alla paternità.

Ho sostenuto un lungo colloquio con una psicologa accreditata presso il tribunale, per « mettere alla prova » la mia paternità e capire come stanno le cose. Devo dimostrare di voler fare il padre. Una madre invece non deve mai dimostrare nulla...

Per strada ho incontrato un bambino in braccio alla mamma, con un biberon identico al tuo. Un'ondata di dolore mi è salita dentro senza che io potessi arginarla.

Sto male all'idea di non vederti e penso continuamente a quello che non posso fare con te:

Morderti i piedini.

Fare il puzzachepuzza e il terremoto.

Puntare il naso sulla tua pancia.

Farmi mordere la mano.

Costruire la torre con i cubi e poi buttarla giù.

Dirti « *Babbao* » con il cane di peluche.

Farmi rincorrere per girarmi di botto e dirti con il vocione da Ollio: « Cosa fa il mio Matteo? »

Sentirti dire: « *Menenne, ngligogli, manoo, magnumme, batta, tatà* ».

Far girare la trottola.

Far suonare la sirena della nave soffiando nella bottiglia vuota.

Farti tirare la cinghia della serranda.

Giocare con le calamite sul frigorifero.

Guardarti mentre ti arrampichi sul divano.

Piccoli straordinari gesti di vita quotidiana.

Frammenti di una vita normale.

Per un anno sono stato testimone inconsapevole del fascino della normalità. La meraviglia di un incantesimo. Finito. Per sempre.

Mi manchi. Spero sia lo stesso per te.

È lacerante sapere che ci sei e non poterti toccare, guardare. Non poter scavalcare i paletti messi da altri.

Sei dolcissimo.

19 ottobre

Caro Patato,

oggi è il tuo complemese.

E proprio oggi firmo il ricorso della separazione.

Per quanti progetti tu possa fare, la vita te ne riserva sempre altri.

Il tempo scorre lentamente. Con indifferenza.

I giorni sono tutti uguali, pallidi, incolori.

A volte mi sembra che le lancette dell'orologio tornino indietro.

I tempi della giustizia non sono quelli del cuore. Lo dicono tutti gli avvocati che si occupano di famiglia. Vado avanti solo per te. Sei la mia unica ragione di vita. Guardo continuamente la foto che ti ritrae sorridente. È sul comodino. Ho il terrore che i tuoi lineamenti svaniscano dalla memoria.

Mi metto a letto sperando che il sonno faccia passare il tempo più velocemente. Lo facevo anche da piccolo. Quando mancavano due o tre giorni alla partenza per le vacanze. All'epoca funzionava.

Fisso la tua foto. Chiudo gli occhi. Dormo? Sonno agitato. Scomposto. Mi risveglio in un bagno di sudore. Gli occhi sono fissi sulla tua foto. È passata solo un'ora.

Un amico medico mi ha prescritto degli antidepressivi.

Sono sul comodino.

Da una settimana sono lì.

Sembrano sfidarmi.

Dicono che i primi effetti si sentano dopo due mesi. Non ho né il coraggio né la voglia di prenderli. Ho paura che poi non riuscirei a essere abbastanza vigile e lucido quando sto con te.

Ho paura della dipendenza psicologica.

Nella mia vita ce l'ho sempre fatta da solo.

Anche stavolta vorrei cavarmela a modo mio. La scatoletta del Seropram è una scorciatoia che mi attira e allo stesso tempo mi spaventa. Resisti, mi dico.

Sì, io resisto, ma mi sento come se mi fosse stato strappato il cuore.

Vorrei venire a casa. Vederti, annusarti, stringerti.

E non posso farlo.

Le denunce contro di me possono solo preludere a nuove denunce. Sono arrivate tutte a raffica. Nel giro di pochi giorni. Una, due settimane al massimo.

Ogni volta il solito copione. Qui a Carsoli non ho telefono, né portiere. Dunque ci pensa il maresciallo della caserma dei carabinieri ad avvisarmi. È un amico. Sa che persona sono. Non crede a una parola del freddo gergo burocratese che è stampato su quei fogli giallastri che mi porta a casa. Percosse su di te. Omesso controllo. Violenza privata. Ingiurie. Vorrei baciarti. Sdraiarmi sul tappeto con te. Fare le torri con i cubi per poi buttarle giù.

Ma non posso.

C'è il rischio di nuove, inutili scenate.

Quando ho provato a venirti a prendere dopo la prima denuncia, davanti a quella che un tempo era casa mia, ho trovato un grappolo di gente che indicava le finestre del mio appartamento. Il lampeggiante della pattuglia catalizzava curiosità e morbosità.

La portinaia, il macellaio, la commessa del negozio. Alcuni passanti. Per fortuna, anche se sono apparso qualche volta in tv, al di fuori del mio ambiente di lavoro godo di sufficiente anonimato.

La gente è sempre pronta a guardare e a giudicare.

A entrare nella vita degli altri per sentirsi diversa e migliore. È incredibile quanto ami impicciarsi dei problemi altrui. Mettere bocca. Offrire aiuto non richiesto. Voler mediare senza sapere nulla.

Nei danni collaterali del divorzio mettiamoci anche questo.

23 ottobre

Dopo diciassette giorni, ieri finalmente ci siamo visti. Ho capito che è meglio portarsi un testimone e sono venuto con Claudio, un mio collega.

In casa c'era moltissima gente. Conosciuta e non.

I loro occhi mi seguivano ovunque.

Guardato a vista, come un bandito, non ho neanche chiesto loro di andar via. Inutile.

All'inizio mi hai fissato come se fossi un marziano. Eri stupito, disorientato. Sembrava quasi non mi riconoscessi. Poi, quando ti ho fatto il terremoto e morso il piedino, mi hai stretto il naso e tutto è ripartito.

Abbiamo giocato con i cubi che ti ho portato.

Ogni tanto qualcuno sostava sulla soglia della porta della tua camera per controllare.

Indossavi un maglioncino bianco. Ti ho visto meno disposto del solito al sorriso.

A un certo punto mi hai guardato e ti sei sdraiato per terra, e io con te.

Abbiamo sospirato insieme, all'unisono. Un sospirone.

Il tempo che si ferma. Atmosfera irreale. Senza parole. Per noi ha parlato il silenzio. E il nostro abbraccio. Il viavai della gente che controlla ci fa tornare alla realtà. Sono un sorvegliato speciale in casa mia.

Dopo mezz'ora ho ceduto e sono andato via.

In macchina ho pianto senza ritegno. Lacrime e asfalto. Lacrime e sguardi curiosi. Lacrime e solitudine.

26 ottobre

È sempre più difficile trovare una persona che mi faccia da testimone.

Ho esaurito tutti gli autisti del giornale.

La mia situazione colpisce. Ma trovare gente disponibile è difficile.

Eppure non posso rischiare di salire da solo.

Stavolta mi sono fatto accompagnare dalla portinaia.

Poco dopo in casa sono arrivate facce nuove. Pronte a testimoniare. Certo non il mio amore per te.

Abbiamo giocato, ti ho abbracciato, ti ho mozzicato il piedino.

A un certo punto ti sei abbandonato tra le mie braccia.

Ti ho accarezzato a lungo la testa. I capelli stanno crescendo. Sei sempre meno crapapelata. Abbracciati, respiriamo insieme. Come un'unica persona.

Ci sono momenti che valgono una vita.

Questo è uno di quelli.

Il poco ripaga del tanto.

Mentre eravamo insieme, ti ho ripetuto sottovoce che papà non ti avrebbe mai lasciato e che saremmo stati sempre insieme.

Quando sono andato via hai pianto...

Bacio.

30 ottobre

Finalmente hai visto il nonno. Ti ci hanno portato. Fiamma si è seduta sul divano e non si è mossa. Hai dormito tutto il pomeriggio su di me, in poltrona. Il nonno ti mangiava con gli occhi. Quando sei andato via, dalla finestra ho visto che la cameriera di Fiamma era rimasta in auto.

Un fax del suo avvocato dirà che non l'abbiamo fatta salire...

Incredibile. Quando ti separi dovresti sempre riprendere tutto con una telecamera. Perché tutto può essere usato contro di te.

1º novembre

Avevo chiesto di portarti a fare una passeggiata.

Mi è arrivato un telegramma: non si può.

Traduzione: non rompere, il figlio è mio.

Ma comunque io ci sono e non mollo.

9 novembre

Non ci vediamo da più di una settimana. Mi manchi.

L'ultima volta è stata martedì scorso. C'erano i tuoi amichetti, Guglielmo e Alessio. Chissà se da grandi rimarrete amici.

Avete giocato a palla. Poi, io e te abbiamo fatto il puzzachepuzza. Hai riso come un matto. Sei dolcissimo. Ma questo lo sai già, ormai.

19 novembre

Questa settimana ci siamo visti per ben due volte. Ti ho comprato la bacchetta magica per fare un cerchio all'interno del quale giocare senza essere disturbati. Ho preso anche uno xilofono di legno, ma non lo hai gradito, al contrario del barattolo che muggisce e del flauto. Hai anche provato a suonarlo.

Per Fiamma sono giochi pericolosi perché appuntiti.

Li ho portati via per evitare che seguano la stessa sorte delle Kickers arancioni. «Non vanno bene, hanno i lacci» mi è stato detto.

Non te le ho mai viste ai piedi.

Anche questa volta sei a letto, con gli occhi aperti.

Entro e mi dicono che dormi. Ti prendo in braccio e ti parlo, ti racconto del cerchio magico che ci protegge, mentre occhi ostili ci osservano. Con me c'è Lorella, mia amica storica, eletta tua tata.

Ci metti un po' a prendere confidenza. A scioglierti.

Pian piano ritorni il Matteo di sempre.

Ti riprendo con la videocamera, il nonno vuole vederti.

Gente entra ed esce dalla nostra stanza, per controllare, disturbare, provocare. Dicono di non voler essere ripresi. E chi mai li vuole riprendere? Ho occhi e cuore solo per te. La casa è mia, cosa vogliono, cosa sto facendo di male?

1° dicembre

Continuo a non vederti.

Non so cosa fai, chi ti prende in braccio.

Cerco di evitare le tue foto. Se per strada vedo un bambino giro lo sguardo dall'altra parte.

Roma si sta preparando al Natale, le luci, la gente che entra ed esce dai negozi carica di regali.

Loro avranno una famiglia che li accoglierà in un caldo abbraccio.

E io?

E tu?

La traversata del deserto è appena iniziata.

Continuo a mandare telegrammi a tua madre per vederti.

Per venirti a prendere. Portarti in ludoteca.

Trovare un motivo talmente valido per vederti da non farmi dire di no.

Inutilmente.

Busso alla porta di quella che fino a poche settimane fa era casa mia. Il led dell'antifurto rosseggia beffardo. Sento dei rumori, ma non risponde nessuno.

Quando Fiamma si fa trovare, il copione è lo stesso. Al mio « Mi dai Matteo? », lei risponde sempre: « Sì, ma vengo con te ».

Forse per farmi collezionare qualche altra denuncia. Rinuncio, anche se a malincuore, e me ne vado.

Intanto c'è uno scambio frenetico di fax tra i nostri avvocati. Vengono scritte tonnellate di menzogne. Menzogne che nessun giudice leggerà e giudicherà mai. Ma non mollo. Ti voglio troppo bene.

2 dicembre

Sono le quattro del mattino. Ho dormito. Poco, ma ho dormito.

Fuori il cielo è punteggiato di stelle. Tra poco arriverà l'alba.

In tutti i sensi, visto che l'udienza presidenziale è vicina.

Io ci sarò.

Buongiorno, Patato.

19 dicembre

Eccoci. Ci siamo. L'udienza presidenziale.

Tra poco inizia il match. Sarò come un pugile sul ring. L'avvocato a fare da secondo. A pochi metri da me l'avversario. Che conosce tutto di me. Sa dove colpirmi e come farmi del male. La regola è che non ci sono regole.

Ma questo l'ho scoperto tardi.

In dieci minuti verrà sintetizzata tutta la mia vita e non solo quella matrimoniale.

Come fosse il congresso di un partito. Ti iscrivi a parlare e scatta il conto alla rovescia. Tempo scaduto.

Uno sconosciuto, un giudice, dovrà stabilire con chi, dove e quanto potrai stare. Dovrà decidere... si fa per dire. Da noi i figli sono sempre affidati alla madre.

Si va in scena. Sto per scoprire che un conto è quello che è realmente accaduto. E un altro è quello che viene rappresentato in aula.

Corridoio. Io e il mio avvocato. Fiamma e il suo avvocato. Si chiama Andrea Nonsochecosa. Il cervello che gira a mille cancella il suo cognome. Lo studio attentamente mentre prepara le carte sul pancone di legno del tribunale. Avrà più o meno la mia età. Osservo il taglio del suo vestito, le scarpe, il modo di muoversi.

Ho la coscienza a posto. Ma capisco che non è sufficiente.

Ti penso, Batuffolo. Il digiuno forse sta per finire.

Posto brutto il tribunale di Roma, assomiglia a una bolgia dantesca. Sembra fatto apposta per aggiungere disagio al disagio. Grandi scale. Aria di confusione. Parole che rimbalzano da una persona all'altra. Brandelli di storie esposte al pubblico ludibrio. Avvocati che continuano a litigare fuori dalle aule. Un suk. Corridoio lungo. In fondo, lei e il suo avvocato. Attesa. Lunga attesa preceduta da uscieri che urlano il tuo nome. Fascicoli alti come torte nuziali scadute che vagano da una stanza all'altra.

Il fascicolo nuziale.

Davanti al giudice, srotolo la mia vita privata. I miei sentimenti. Parlo a bassa voce. Mi vergogno di essere lì.

Il tribunale. Il giudice. Li avevo conosciuti durante Tangentopoli, quando mi occupavo di giudiziaria. Ma allora era diverso. Con alcuni di loro, che sono poi entrati in politica, ero anche in confidenza. E per fortuna non dovevano giudicarmi.

Cammino a fatica.

Ho la netta sensazione che tutti mi leggano in faccia quello che sto vivendo.

Ognuno ha la sua croce, penso.

Si apre la porta. Il giudice, una donna, ci fa cenno di entrare.

Mi siedo vicino al mio avvocato. Sul cornicione, un passero si ferma per un attimo. Ci guarda. Si spiumaccia le ali. E vola via. Vorrei essere come lui. Ma non posso.

C'è da lottare. Per te.

Poco prima di entrare, l'avvocato mi ha suggerito di parlare il meno possibile. Tutto viene consumato in dieci minuti. Prima che il dibattimento abbia inizio, il giudice, visibilmente annoiato, ci chiede se vogliamo tornare insieme. Questa la formula di rito. Non male come inizio. Lo Stato fa di tutto per scoraggiarti. Per non farti divorziare. Vai davanti a un suo rappresentante. Stai male come un cane. Hai pesato a lungo la tua decisione. Hai capito che la separazione è l'unica strada percorribile, e il giudice che fa? Ci chiede se vogliamo tornare insieme. Ditemi che è uno scherzo, vi prego.

20 dicembre

Natale con te. Due giorni alla settimana insieme e pernottamento non appena avrò una casa. Finalmente un punto da cui far ripartire e consolidare il nostro rapporto.

Così ha deciso il giudice. Nonostante tutte le accuse fabbricate contro di me. Gocce di tempo, brandelli di giornata da passare con te. Con il traffico da dribblare per essere in orario. Ed evitare contestazioni.

Durante l'udienza non ho voluto incontrare lo sguardo di tua madre.

Ormai siamo due estranei. Anzi più che un estraneo per lei sono un insetto. Da schiacciare il più presto possibile. Nonostante te. Strano. Non era esattamente questo quello che avevo in testa quando l'ho incontrata.

Non avrei mai pensato potesse finire così. Le geometrie che la vita può disegnare sono spesso imprevedibili.

Tra cinque giorni, questa è la vera notizia, ci vedremo. C'è uno straccio di calendario delle visite da rispettare.

25 dicembre

È il mio Natale più bello. Ho te.

E mi basta. Non ho una casa e non ho i miei vestiti, perché ancora non mi è stato concesso di andare a riprendermeli. Sono come un profugo. Ma ho te. In questo momento è l'unica cosa di cui mi importi.

Siamo a casa di zia Elisabetta. C'è anche il nonno. Si fa di tutto per farti sorridere. Gli sforzi non sono vani. Quando ridi, sei come un fuoco d'artificio. Una cascata argentina che trascina tutti. Non cambiare mai.

26 dicembre

Giorni fa, mentre dormivi, lavoravo al computer. Tanto per farmi del male, sono andato nella galleria fotografica.

Affollata di foto di quando eravamo, almeno all'apparenza, una famiglia unita e felice. Un attimo prima della tempesta. Ci sono scatti risalenti a ventiquattr'ore prima che io e tua madre ci lasciassimo. Siamo solo noi due. Se solo il tempo fosse un gambero...

Mi sono chiesto e richiesto mille volte cosa rifarei e cosa no. Quali errori ho commesso, cosa non ho visto che invece avrei potuto vedere. Interrogativi ai quali non riesco a trovare risposta. Nodi impossibili da sciogliere, e Dio solo sa quanto vorrei.

IN PUNTA DI PIEDI NELLA TUA VITA

10 marzo

Da tanto non ti scrivevo.

La quotidianità. La battaglia legale. Le tattiche e le strategie mi hanno impedito di farlo.

Ma ho sbagliato. Perché non voglio che il tempo chiuda nel cassetto a doppia mandata i momenti che passo con te. Sono talmente preziosi che non posso rischiare di perderli.

Sono stati giorni duri.

Ma non ho mollato. Ogni due giorni, un fax. Chiedi una cosa e non ti rispondono. A fatica rimetto insieme i cocci.

Cerco di inventarmi tante cose da fare. Più faccio, meno penso. Meno penso, meglio sto.

Dopo una rapida ricerca, ho trovato una casa. Per noi due. Per ripartire.

E poi c'è il lavoro. Per fortuna c'è il lavoro. E lì non sono ammesse distrazioni o tristezze. Ogni notizia che scrivo o passo va verificata dieci, cento, mille volte.

Quello che resta di me è tutto tuo.

Non è molto, ma sempre meglio di niente.

In questo momento stai dormendo. Stasera, come spesso accade, non hai voluto mangiare niente.

Inutile dire quanto tutto questo sia frustrante per me. Nessuno mi dice cosa mangi nell'altra casa. Nessuno mi dice i tuoi orari. E io posso solo entrare in punta di piedi nella tua vita. Esplorandola. Cercando di cogliere i minimi segnali. Le inclinazioni. I bisogni. I desideri.

Mi faccio guidare dall'amore. Dalla voglia di fare.

Quando cominci a diventare ingestibile e piangi, capisco che è il momento della nanna.

Per addormentarti ti tengo in braccio. E cammino. Avanti e indietro. Marcando il passo. Dondolando. E cantandoti la ninna nanna. « Dormi dormi, dormi qua, dolce stella di papà. Se tu chiudi i tuoi occhietti, tu vedrai gli angioletti. Sono tutti intorno a te e ti fanno yuppi iaié. » A poco a poco, ti lasci andare. La bavetta sulla spalla. Il tuo abbandono, il tuo affidarti è semplicemente meraviglioso.

14 aprile

Lorella ti sta imboccando mentre guardi i cartoni animati.

Ci vediamo solo una volta alla settimana e a weekend alterni.

Rispetto al niente di prima, il mercoledì, che subito sembrava una conquista epica, adesso mi va stretto.

Vivo solo brandelli della tua vita. Poco per un padre che vuole fare il padre. Voglio di più.

Non ho manie di protagonismo, ma nella tua vita non voglio recitare il ruolo di comparsa.

3 maggio

Sono le undici di sera e sono ancora in redazione. Il giornale è già chiuso, ma non ho fretta di tornare a casa. Siamo rimasti solo io e Claudio. Anche lui è separato. Da meno di un anno, come me. Davanti alla finestra spalancata, mentre fuma una sigaretta prima di spegnere il computer e andarsene, mi racconta che a lui il tempo da passare con le sue due figlie non manca. Si vedono spessissimo. Quello che più gli manca è la moglie. Con la voce spezzata mi confessa di amarla ancora. Gli chiedo il motivo della separazione e lui mi risponde: « Ho fatto una cazzata ». Aveva una relazione con un'altra donna e quando la moglie lo ha scoperto lo ha lasciato. « Non mi perdonerò mai » dice. Quando mi riferisce degli inutili consigli dispensati dal suo analista, la mia mente corre lontano: penso a Fiamma, al nostro matrimonio e al momento della rottura. Mentre sono immerso in questi pensieri, sento Claudio che mi dice: « Comunque, Leonardo, io e te in fin dei conti possiamo ritenerci fortunati ». Fortunati? Il suono di quella parola mi riporta bruscamente alla realtà.

« Ma quale fortuna, di cosa stai parlando? »

« Intendo dire che grazie al nostro lavoro, nonostante i mutui, le spese legali, l'assegno di mantenimento, la doppia casa e tutto il resto, riusciamo a cavarcela. »

Ma quando gli rispondo che io invece a volte ho la tentazione di mollare tutto e fuggire via, Claudio abbassa lo sguardo e annuisce.

25 maggio

Ieri, per la prima volta da quando sei con me, per mangiare il gelato hai usato il cucchiaino.

Me l'hai sfilato con il tono di chi non ha bisogno di aiuto, e devo dire, mi sono sentito un po' idiota.

Il gela-To. Al cioccola-To. Perché siamo arriva-Ti. Feli-Ci e conten-Ti.

È il gioco che facciamo ogni volta che c'è un gelato di mezzo.

Oggi il dolce, domani invece l'amaro: sarò in tribunale per una delle denunce penali. Ma domani è anche il giorno in cui dovrei vederti.

Processo o visita?

Purtroppo dovrò saltare la visita. E il recupero?

Utopia.

Succede così, sempre.

Stai male e ci dobbiamo vedere? Salta la visita.

Sto male e ti devo vedere? Salta la visita.

Ho un impegno di lavoro improvviso cui non posso dire di no? Salta la visita.

A volte mi dico che è tutto inutile, che non riavrò mai indietro la mia vita, che non ho speranze e non avrò mai un futuro con te. Tanto varrebbe fuggire e ricominciare una nuova vita altrove, lontano da qui.

8 giugno

Finalmente sto venendo a casa tua per ritirare i miei effetti personali. Dopo nove mesi, su provvedimento del giudice. Complimenti per la velocità. Ad accompagnarmi il mio avvocato.

Spero di vederti, almeno per un bacio.

Mi batte forte il cuore. La porta è aperta. Ad attendermi tre avvocati.

Di te neanche l'ombra.

Le mie cose sono già belle e impacchettate.

Non male come umiliazione. Tornare a casa mia e prendere dopo nove mesi i miei effetti personali con la supervisione di tre avvocati.

Dieci minuti. Tanto dura il rito. Strano quanto nove mesi abbiano lavorato nel mio inconscio. C'è un distacco emotivo. Non mi fa alcun effetto. Non sento più mia questa casa. Forse non lo è mai stata.

Non parla più di me. Sono stato cancellato. Ogni mia traccia è stata rimossa.

La tua presenza si intuisce. Nonostante ci siano i miei mobili, i miei quadri, la casa è diversa. Fredda. Ostile.

Meglio fare al più presto i settanta chilometri che mi separano da Carsoli.

Carsoli rappresenta una parte di me. La migliore. Quella più vera. A Carsoli c'è la mia infanzia. Le scorribande in bicicletta. I giochi ai giardinetti. I ghiaccioli che si scioglievano e ti coloravano. La pizza di Rosina e la Nutella. Il flipper di Santamadonna e il calciobalilla o il biliardo da Ugo. Il coprifuoco pomeridiano con le radioline incollate all'orecchio e la voce roca di Sandro Ciotti che duettava con quella di Enrico Ameri. L'Aqua Velva Williams al muschio che fregavo a mio zio e le prime uscite. L'unico modo per consumare le espadrillas blu. L'unico modo per abbracciare, al buio, la ragazza che ti piace. E ancora. Cerchio intorno al fuoco. Chitarra, amici e Battisti permeati dal blu della notte. Bastava poco per essere felici.

Ieri come oggi, Carsoli mi accoglie. Senza chiedere nulla. Pronta a dare. Con i suoi silenzi. Con i suoi tramonti. Con l'aria che si ferma un attimo prima del tramonto. Qui tutto è più lontano. Anche e soprattutto il dolore.

E nel silenzio tu, Matteo, mi sembri più vicino.

Ti sento più vicino.

Trovo sempre qualcosa da fare in casa. O in giardino. Tutto va bene. Per distrarmi. Non pensare. Ammazzare il tempo con calcolata lentezza. Vedere quale strada sceglie l'acqua tra i ciottoli. Mentre innaffio. O i gatti randagi che mangiano gli avanzi. E che ti aspettano l'uno vicino all'altro. Davanti alla porta.

14 giugno

Tempo di scegliere l'asilo nido.

Scegliere è una parola grossa. Il mio avvocato ha ricevuto un fax dove tutto è già previsto, proprio mentre stava chiudendo lo studio...

Accetto. Non faccio polemiche. Ho già troppi problemi.

Ieri ho incontrato e conosciuto le tue future maestre. Non mi hanno fatto una bella impressione. A pelle, ho la sensazione che qualcuno si sia già preso la briga di parlar loro di me. Ovviamente non scelgo io il tuo primo giorno all'asilo. Il giorno, scelto con cinica e chirurgica precisione, non è uno di quelli in cui sei con me.

Si riaffaccia il solito pensiero: fuggire, andar via e mollare tutto.

Cerco il conforto della psicologa di sostegno, cui la scuola si appoggia. Faccio presente che la nostra è una situazione difficile. Ribadisce che il primo giorno è opportuno che ci siano entrambi i genitori. Ma non credo che basti. A ogni modo, io ci sarò. Ne dubitavi?

20 giugno

Si parte per le vacanze. Le nostre prime vacanze. Per non sbagliare, ho scelto un villaggio adatto ai bambini, in Sardegna. Parto con bagaglio fantozziano. Biberon, bustine di camomilla, i tuoi biscotti preferiti. Pannolini normali, pannolini impermeabili per il bagno in mare, salviettine umide. Sembro il Furio di Carlo Verdone. Quaranta minuti di volo e un'ora per recuperare la valigia. Una volta arrivato, scoprirò che avrei potuto fare a meno di molte cose.

Vacanza anno zero. Nel villaggio molte famiglie regolari. Io no. Sono un irregolare. Un testardo che con un bambino di neanche due anni si è messo in testa di fare il mammo. C'è il baby park. Mi sento in colpa quando ti lascio solo, approfittando di un tuo momento di distrazione. La verità è che stiamo così poco insieme che ogni istante passato con te è prezioso. Di più. Irripetibile. Ogni tanto, però, devo staccare. E ripenso a mia madre, all'infinita pazienza che mi ha dedicato. Chissà quante risate si sta facendo da lassù.

I giorni volano veloci. Il momento più bello è quello della sera. Quando andiamo a nanna. Ti coccolo, ti gratto la schiena. E poi, lentamente, scivoli nel sonno. E io con te.

Mangi poco.

Non sei stato abituato sin da piccolo a sperimentare gusti nuovi e diversi. Hai poca curiosità. O forse rifiuti il cibo perché a pelle senti che la nostra è una situazione difficile.

Nel tratto che ci separa dalla nostra stanza al ristorante ci divertiamo un mondo ad annusare e riconoscere le piante. Lavanda, rosmarino, geranio e salvia. Ormai è diventato il nostro gioco preferito.

Mi piace il fatto che tu conosca e apprezzi la natura.

7 luglio

Vacanze finite da un pezzo. Sto facendo il conto alla rovescia nell'attesa di riabbracciarti.

19 luglio

Auguri, Patato.

Oggi è il tuo compleanno. Non tocca a me festeggiare, non è il mio turno. Ma arriverà anche per noi nei prossimi giorni, una candelina accesa su cui soffiare. I figli dei divorziati hanno due compleanni. Due Natali. Due Capodanni. Due Carnevali. Due Pasque. E forse, crescendo, questa situazione ci peserà di meno.

Ho provato a telefonare, ma sono riuscito a parlare poco e male con te. Chissà perché...

Sul mio telefonino sono arrivati tanti auguri. Quelli del nonno, di Claudio, Francesca e Luigi.

Fra quattro giorni finalmente ci riabbracceremo. Forza, Batuffolo, quattro giorni volano...

20 luglio

Dal tuo vocabolario:

cavacite = cacciavite
spistose = dispettose
fuschia = fucsia
ocote = Wile Coyote
macana = macchina
mamelite = margherite
papette = paperette
papenger = Power Ranger
cocoruda = tartaruga
pupulla = paura
muchisa = musica

21 luglio

Carsoli. La casa silenziosa senza di te. Strano. Pur così piccolo, riesci a riempire casa di grida, risate, giocattoli sbattuti per terra, i tuoi «Scappiamopapà».

Non sai quanta voglia avrei di fuggire, di arrendermi e ricominciare tutto altrove.

Potrei scappare con te...

Ma dove? E poi? Non sarebbe giusto nei tuoi confronti. Mi ripeto fino alla nausea che un bambino ha pur sempre diritto a una madre.

23 luglio

Ripenso ai primi giorni della mia separazione. Quando non potevo vederti. Quando ero in quella terra di nessuno che divide la presidenziale, la prima udienza, dall'uscita di casa. Una traversata del deserto senza acqua. In giacca e cravatta.

Recluso a Carsoli. Nella speranza di dormire, chiudevo gli occhi guardando la tua foto sul comodino e li riaprivo dopo neanche un'ora sempre su di te.

Per trentasei giorni, tanti sono stati quelli in cui non ti ho potuto vedere, avrò dormito sì e no un'ora per notte. Da ottantanove chili sono arrivato a pesarne settantasette. In più mi sono venuti i capelli bianchi.

Uno zombie.

17 agosto

Tre giorni all'alba, fra tre giorni ti rivedo.

Qui a Carsoli sono come la lupa del Campidoglio. Giro senza pace e guardo all'infinito i filmati fatti con il telefonino.

E non mi bastano, non riescono a placare quella morsa che mi attanaglia il cuore, lo stomaco.

Al telefono ti ho ricordato i nostri giochi di parole. Le nostre frasi chiave. Niente da fare. Ogni volta va tutto ricostruito. È una fatica...

Non mi resta altro da fare che andare a dormire, sperando di prendere sonno e far sì che il tempo scorra più velocemente e mi porti da te.

Ti voglio bene. Buonanotte, Patato.

23 agosto

Brutta notte ieri notte.

Tornando a casa, correndo come un forsennato, hai inciampato su un sasso e sei caduto. Lì per lì pensavo a un ginocchio sbucciato. Nel buio della strada, ti ho rassicurato. « Non è niente. » Un bacio in fronte. Il sapore del sangue. Corriamo a casa.

Alla luce la situazione è apparsa più grave del previsto.

Un buco sulla fronte. Ti ho pulito la ferita e subito di corsa al pronto soccorso.

Ti hanno messo un punto e abbiamo passato per precauzione la notte in ospedale. Quanta paura.

Poi, stamattina, il ritorno a casa e le telefonate di rito.

Ovviamente la colpa è solo mia perché non ho vigilato abbastanza. Mi sono beccato accuse. Non ho risposto alle provocazioni. Certo che se tu ti fossi fatto male quando non eri con me, sarei corso a sincerarmi che tutto andasse per il verso giusto.

Qui a Carsoli non è venuto nessuno...

Fine delle vacanze.

3 settembre

Il giornale, dopo un periodo di relativa calma, torna ad assorbirmi totalmente.

È arrivato un nuovo direttore. Epurato dal suo precedente editore sceso in politica, cerca la rivincita. Si ritrova una squadra che non ha scelto. E cerca di tirare fuori il massimo da tutti noi. Che, certo, non siamo motivati come lui. Però mi vuole assegnare nuovi e importanti spazi. Spero di non dover essere costretto a scegliere tra te e il lavoro, visto che non posso contare su recuperi e disponibilità da parte di tua madre.

13 settembre

Stanotte non ho dormito neanche un'ora. Oggi è il tuo primo giorno all'asilo. Ma è un po' come se fosse il mio. Incominci a camminare con le tue gambe. Chissà dove arriverai. Ho cercato di averti di domenica per portarti a vedere gli aerei della pattuglia tricolore. Fiamma non si è degnata neanche di rispondere. Ma tra poco ti vedrò. A qualcuno non farà piacere che io ci sia, visto che non è il mio giorno. Però è il tuo primo giorno di scuola, quindi ci sarò e se ne faranno una ragione...

14 settembre

Il tuo primo giorno all'asilo non è stato un gran giorno.

Spero che tu possa dimenticarlo.

Sono arrivato in anticipo. Ad aspettarti nel giardinetto. Appena Fiamma mi ha visto, si è irrigidita. E tu ti sei spaventato. Mi avvicino e inizio ad accarezzarti. Allungo le braccia: «Amore, vieni da papà».

«Smettila, stai lontano, non è il tuo giorno» mi risponde Fiamma. E intanto svicola da me, accelerando il passo verso l'ingresso.

Si avvicina la direttrice della scuola. Ha una faccia fintamente simpatica. Si capisce subito da che parte sta. Il suo è un buongiorno che è tutto un programma. Indossa un sorriso falso. Il tono non ammette repliche. «La prego di allontanarsi, vorrei evitare scene sgradevoli.» Sgradevoli? «E cosa c'è di sgradevole in un padre che accarezza il figlio?» vorrei gridarle in faccia. Capisco che, qualsiasi cosa dica o faccia, è inutile e rischia di essere controproducente. La direttrice è stata adeguatamente istruita.

Proprio un bell'inizio, non c'è che dire.

Quando nel pomeriggio arrivo in redazione, digito su Google « padri separati » e « Italia ». Scopro così che siamo quattro milioni.

18 settembre

Oggi c'è stata la prima riunione a scuola con maestre e genitori.

Erano tutte mamme, io ero l'unico papà.

Mi guardavano con un'espressione strana, come se avessi tre occhi.

Senza alcun successo, ho tentato di socializzare ironizzando sul fatto che ero l'unico uomo.

Tra un paio di giorni c'è uno spettacolo di Winnie the Pooh. Ho già preso dei biglietti. Spero che qualcuna delle poche mamme con cui ho scambiato il numero di telefono venga con i figli.

Caterina, la mamma di Luca, mi ha detto che loro due probabilmente verranno. Avrà su per giù trenta, trentacinque anni e un solo figlio. Scambiamo due parole dalle quali mi pare di intuire che viva da sola con il bambino. Potrebbe essere separata, ma non le chiedo niente perché in questo periodo non mi va proprio di affrontare l'argomento.

20 settembre

Finalmente prendo possesso della mia nuova casa, in città.

Non grande, ma inaspettatamente bella. Me l'ha trovata una mia ex fidanzata che ancora mi vuole bene. Si ricomincia. Basta fare avanti e indietro tutti i santi giorni sull'autostrada.

E soprattutto potrai dormire da me, Patato mio.

Ma è destino che, almeno per ora, io non debba rimanere tranquillo. La mamma di Luca mi ha mandato un messaggio per confermarmi che loro due verranno allo spettacolo. Dice che verrà anche un'altra mamma con la sua bimba. Ne sono felice, almeno questa mia idea ha avuto successo. E sono riuscito a fare qualcosa per te, Patato.

Mi manchi, un bacio.

23 settembre

È domenica e andiamo allo spettacolo. Delle due mamme una ha dato forfait. Il giorno prima mi ha chiamato. L'ho sentita fredda e distaccata, e mi ha detto che non sarebbe potuta venire a causa di un contrattempo.

Qualcuno a scuola deve avermi fatto una pubblicità fantastica.

Rimango sempre stupito davanti alla gente che ti giudica solo sulla base del sentito dire. Stupito e amareggiato.

Ho regalato a un amico i biglietti che avevo comprato, e la cosa è finita lì.

L'importante come sempre è stare insieme.

Caterina e Luca arrivano puntuali e pieni di entusiasmo. Caterina suggerisce di comprare popcorn e Coca-Cola.

« Ma sono troppo piccoli per la Coca-Cola » dico io, pensando che Matteo ne beve già abbastanza a casa della madre.

Caterina mi sorride e mi dice: « Dai, non importa, oggi si fa festa e le regole nei giorni di festa non valgono. Una Coca-Cola non gli farà nulla ».

Allo spettacolo ti sei divertito un mondo.

A un certo punto, all'improvviso, sul palcoscenico è caduta la neve.

L'effetto speciale ha sorpreso anche me. Figuriamoci te e il tuo amichetto.

Per me lo spettacolo non era sul palco ma lì, al mio fianco.

Sei tu il mio spettacolo, Patato.

Usciamo chiacchierando, e accenno a Caterina che la separazione mi ha regalato una maggior consapevolezza della paternità.

« Capisco, lo so cosa vuol dire » risponde lei, laconica.

8 ottobre

Dovevo aspettarmelo.

L'incidente di questa estate a Carsoli è stato usato contro di me.

Capisco che non sarai mai padrone di sbucciarti un ginocchio o farti male.

In tribunale viene richiesta, per la mia incapacità di gestirti, una riduzione delle visite.

Ma alla fine, per fortuna, la richiesta è stata respinta. Anzi, mi è stato concesso di vederti un po' più spesso.

10 ottobre

Non manifesti un particolare entusiasmo nei confronti dell'asilo.

Anzi. In questa fase, poi, sei particolarmente aggressivo con gli altri tuoi compagni. O quantomeno così mi dicono.

Mi informo, pare che questa sia solo una fase passeggera. Speriamo.

Oggi ci saremmo dovuti vedere, ma io non posso. Il direttore mi ha spedito a Milano e non ho potuto dire di no.

E così salgono a tre i giorni da recuperare che non recupererò mai.

16 ottobre

La schermaglia in tribunale prima o poi doveva produrre qualche contraccolpo. E così è stato.

Venerdì 13 ricevo un sms nel quale mi si dice che stai poco bene.

Tutto questo all'indomani di un nuovo regime di visite, più ampio.

Sabato hai febbre e tosse. Peccato però che ieri, al telefono, alla presenza dell'ossuta baby-sitter, si sia parlato liberamente. Cinque minuti senza un colpo di tosse.

Domenica, ieri, ci saremmo dovuti vedere.

Chiedo via sms come stai, se hai ancora febbre e tosse, quanti giorni ti ha dato il pediatra.

Sempre via sms, mi si dice che devi stare riguardato e che non hai febbre.

Ha senso venirti a prendere, farti uscire e farti rischiare una ricaduta?

Rinuncio a malincuore.

5 novembre

È mattina presto e ti porto all'asilo. Ti tolgo le scarpe, ti infilo i calzini antiscivolo e ti do un bacio. Poi via di corsa, verso la redazione. Uscendo incrocio Caterina che mi chiede se ho tempo per un caffè.

Penso che no, sono in ritardo, e devo prepararmi per la riunione di mezzogiorno. E invece all'improvviso le dico: « Sì, volentieri ».

Il bar di fronte alla scuola è gremito di mamme che chiacchierano dopo aver accompagnato i bambini. Mi guardo in giro rapidamente: sono circondato da donne.

Caterina sorride e mi legge nel pensiero.

« Mi sa proprio che sei l'unico papà. »

Le racconto un po' di me, le racconto che un anno fa mi sentivo come una persona che non ha il diritto di esistere. Ai margini della vita, mi sembrava quasi di dover chiedere scusa solo per il fatto di respirare.

Volevo passare inosservato, essere ignorato, vivere nell'anonimato più totale.

Mi sembrava sempre di leggere negli occhi di chi mi conosceva un'ombra di sospetto per fatti mai commessi.

I miei giorni sembravano usciti dalla fotocopiatrice. Tutti uguali.

Sveglia. Il pensiero a te. La telefonata dell'avvocato. Il fax polemico. Le scadenze del tribunale. Le attese nel corridoio del tribunale. Gente che va. Gente che viene. Avvocati che arrivano all'ultimo momento.

E tu che apparivi e scomparivi... come un miraggio.

Le racconto che sono stato trentasei giorni senza vederti, toccarti, stringerti. Trentasei, con il pensiero rivolto esclusivamente a te.

Le dico che vivo così, alla giornata, senza poter fare progetti. Che devo accontentarmi dei pochi momenti di felicità che passiamo insieme, che ogni volta è come se dovessi ricominciare da capo, che mi manca qualsiasi sensazione di continuità.

E Caterina, dopo avermi ascoltato con attenzione, mi sorprende.

« Prova a guardare le cose da un altro punto di vista, prova a cambiare approccio. Non fissarti su quello che ti manca, ma apprezza quello che hai. Da quello che mi dici non è mica vero che vivi alla giornata, anzi! Non riesci a goderti veramente nessuna giornata che passi con Matteo perché passi comunque il tempo a pensare a quanto soffri e a covare risentimenti e progetti di vendetta. Dici che devi accontentarti, ma qui non si tratta di accontentarsi, no, tu devi imparare a essere contento. I tuoi pochi momenti di felicità... molte persone possono solo sognarseli, momenti così. Insomma, anche se magari rischio di offenderti, sai che ti dico? Almeno per oggi, basta frignare! »

Mi spiazza a tal punto che, anche se dentro di me la mia prima reazione è un « Ma come si permette? », finisco col farle un sorriso a mezza bocca e le rispondo: « Va bene, hai vinto tu, per oggi basta ».

20 novembre

Caro Patato,

Natale è arrivato con un mese d'anticipo. Finalmente il nostro nuovo appartamento è completo.

Ora che ho rimesso ogni libro al suo posto, mi sento a casa.

Ho preparato la tua stanza. La prima cosa che vedrai sarà l'automobile a pedali: ha le sembianze di Saetta McQueen.

Ho preso un lungo nastro rosso. Un'estremità è attaccata all'automobilina. L'altra alla maniglia della porta. La sorpresa inizia qui. Sul pianerottolo.

Chissà che faccia farai.

La nostra nuova casa è la metà di quella dove attualmente vivi.

È compatta, una sorta di monovolume. Più di questo non ho potuto fare. E ripensando a quanto mi ha detto Claudio, posso solo ritenermi fortunato.

24 novembre

Sei di là, in camera tua. Stai dormendo. La lucina che attenua la tua paura del buio è accesa. Domani ti porterò a scuola e ti rivedrò fra qualche giorno.

On, off.

On, ci sei tu.

Off, non ci sei.

Quanto al resto, per rifarsi una vita servono tempo, lavoro, dedizione. Serve una spinta forte che ti motivi. Difficile incontrare una donna per chi, come me, ha un figlio piccolo e un matrimonio fallito alle spalle. Dovrei uscire, vedere gente, andare alle feste. Ma io non sono mai stato particolarmente mondano. Ho i miei giri, ristretti, di amici. Amici veri...

Francesco, per farmi un regalo, ha pensato bene di iscrivermi a Facebook e a Meetic. Chissà, forse i social network sono davvero la nuova frontiera degli incontri amorosi. Trovo tuttavia abbastanza assurdo raccontare i fatti miei a una persona che nella vita reale non so chi sia, che potrei addirittura conoscere, che potrei aver incontrato decine di volte senza mai degnarla di uno sguardo.

Il sesso. Se lo volessi, le occasioni ci sarebbero.

Ma così non mi interessa. Cerco qualcosa di più profondo e vero.

Spero sempre che la vita mi sorprenda quando meno me lo aspetto, facendomi incontrare una persona capace di ridisegnare le traiettorie del mio destino e del mio cuore.

Sono solo, ma per quanto possa sembrare assurdo, la cosa non mi pesa. Dopo un matrimonio fallito è difficile ricominciare, rimettersi in gioco, aprire il proprio cuore a una persona nuova.

E l'idea di innamorarsi, di lasciarsi completamente andare, fa paura.

Ogni tanto mi domando, Matteo, che effetto ti farebbe vedermi con una donna. Vedere che la abbraccio, che le do un bacio, che passeggiamo, con te vicino, tenendoci per mano.

Non lo hai mai visto papà con una donna. Ogni tanto mi chiedi « Perché non ti fidanzi? » E io ogni volta ti rispondo che due persone si fidanzano solo se si piacciono e si vogliono molto bene.

Più di una volta mi hai detto: « Voglio un fratellino ».

Davanti al tuo sorriso e alla tua richiesta mi si stringe il cuore.

Piacerebbe molto anche a me poterti dare un fratellino. È la cosa che desidero di più al mondo.

Ma desiderarlo non basta. C'è chi dice che se desideri qualcosa con tutto te stesso riesci a ottenerla. C'è chi dice, al contrario, che le cose importanti arrivano quando meno te lo aspetti, quando non le stavi proprio cercando. Chissà.

Sarebbe bello rivivere l'esperienza della paternità, riuscire a costruire una nuova vita di coppia che duri un'intera esistenza.

I tuoi nonni, Matteo, sono rimasti insieme per tutta la vita. Finché la morte di mia madre non li ha separati. La parola separazione o divorzio non è mai entrata nel loro vocabolario, anche se di momenti difficili ne hanno passati tanti. Eppure non hanno mai mollato. Questa è stata la mia famiglia, questo è stato il loro esempio.

Ricordo come fosse ieri l'ultimo giorno di vita di mia madre. Noi eravamo lì con lei, in ospedale. Le stringevo la mano e le parlavo. E lei, sempre con la mano, rispondeva. Quella sera, io e papà rimanemmo fino alle undici. Tornammo a casa in silenzio, distrutti e impotenti davanti alla malattia che si accaniva contro mamma. Eravamo uniti nel dolore e nella paura.

Alle sei e mezzo del mattino mi svegliai, senza un perché.

Come se qualcuno mi avesse scrollato. Mi girai sul fianco, tentando di riprendere sonno.

Pochi minuti dopo, squillò il telefono. Non ricordo se dall'altra parte del filo ci fosse un uomo o una donna. Poche parole, quasi atone, senza un filo di imbarazzo. «Volevamo dirle che la paziente è morta, pochi minuti fa.»

Rimasi impietrito con la cornetta del telefono in mano. Lo stomaco che mi si torceva. In fondo al corridoio apparve mio padre. Dai suoi occhi capii che aveva intuito tutto, e in un istante lo vidi rimpicciolirsi e mi resi conto che da quel momento sarei stato io il padre e lui il figlio.

25 novembre

Il mondo è davvero piccolo. Ho scoperto per caso che una collega della redazione grafica conosce Caterina perché in passato hanno lavorato nello stesso studio. Senza che io le chiedessi nulla, mi ha raccontato la sua storia. Il suo compagno l'ha lasciata quando Luca non aveva nemmeno un mese. Si è trasferito a Milano, dove ha sposato un'altra donna e ha fatto un figlio che ha solo un anno meno di Luca. Caterina sta crescendo il bambino completamente sola e contando soltanto sulle proprie forze. Avevo intuito che fosse separata, ma ignoravo tutto il resto.

26 novembre

Domenica in famiglia.

Ho fatto la notte al giornale e sono distrutto. Ma ci sei tu a darmi la carica. Stai giocando da due ore con un trenino di legno.

Fai volare la fantasia mentre ti industri sul tappeto.

Chi c'è a bordo, dove stai viaggiando?

Ti guardo esausto mentre fai passare il locomotore sotto il ponte. Occhi attenti, i tuoi, che guardano il mondo con innocenza. Un'innocenza che la vita ha già tentato di scalfire. Mi sento in colpa per tutto quello che sta succedendo, anche se ho fatto l'impossibile per evitare il dolore, la frattura, le incomprensioni.

È un interrogativo che, come un fiume carsico, ogni tanto riaffiora nella mia testa. Ma non ho risposte. Con i se non si và avanti. E invece è quello che noi dobbiamo fare.

27 novembre

Tempo fa ho letto un libro bellissimo per quanto struggente. È la storia di Agostino di Bartolomei, il grande calciatore della Roma morto suicida. Nella prefazione il figlio Luca rimprovera il padre, con amore e rabbia, per tutto quello che gli ha tolto con il suicidio.

È un libro che dovrei rileggere periodicamente.

Tutte le volte che il pensiero del suicidio mi sfiora la mente, io per resistere faccio come gli scalatori, in montagna, quando non ce la fanno più.

Non guardano in alto. Guardano i propri scarponi. E basta.

La vetta, che sembra irraggiungibile, non esiste.

Controllano il respiro. Un passo dopo l'altro.

Tengono duro. Arrivano sulla vetta. Piantano la bandiera. Si guardano indietro e dicono: « Ce l'ho fatta ».

Devo farcela. Non posso arrendermi.

PER ALTRE TERRE ANDRÒ
PER ALTRO MARE

28 novembre

« Domani pizza con i bimbi? » mi chiede Caterina con un sms.

A scuola maestre e genitori tendono a isolarmi. Se non ci fosse Caterina, sarei all'oscuro di tutto. Suo figlio Luca ha legato molto con te. Rilancio la proposta della pizzeria con un invito a cena da noi. Caterina mi dice che la pizza è la sua specialità e che l'avrebbe fatta lei in casa. Ops, non avevo capito. Sono anni che non mangio una pizza fatta in casa. Accetto l'invito con piacere.

29 novembre

Sei da tua madre, con la febbre a 39. Niente cena con Luca e Caterina. Non posso venirti a prendere. Mi attacco agli sms nell'impossibilità di vederti, di accarezzarti.

Incredibile non poter entrare in casa mia, solo per essere vicino a te.

Ma, anche se fisicamente non mi è concesso, con il pensiero invece sì.

Ti sto pensando intensamente.

30 novembre

L'estate ha fatto un patto con il diavolo.

Fa un caldo innaturale e mancano venticinque giorni a Natale. Tu sei ancora a letto con la febbre e ormai le speranze di vederti sono ridotte al lumicino.

Domani non ci vedremo. Ho già chiesto via sms il recupero. Nessuna risposta.

Il silenzio è l'unico sistema per evitare qualsiasi tipo di conflittualità.

Da una parte non vedo l'ora che tu cresca in maniera da renderti autonomo.

Non riesco a mandar giù che sia un giudice a stabilire tempi e modi dei nostri incontri.

È in momenti come questi che si riaffaccia l'idea di mollare tutto.

Forse è proprio questo quello che dovrei fare.

Mollare. Rifarmi una vita lontano da te e aspettare che un giorno tu venga a bussare alla mia porta.

Per vomitarmi in faccia disprezzo.

Cosa fare?

La domanda mi rimbalza nella testa come la pallina di un flipper. E spero proprio di non andare in tilt.

1° dicembre

Febbre alta anche oggi.

Sono nervoso, inquieto. Senza sapere bene perché, cerco sul cellulare il numero di Caterina e la chiamo.

« Sei al lavoro, ti disturbo? »

Caterina lavora part-time. Fa la grafica in uno studio editoriale. Lavora fino alle tre del pomeriggio e spesso anche la sera dopo che ha messo a letto Luca; a volte va avanti sino a notte fonda.

« Sì, sono al lavoro, ma posso parlare, dimmi tutto. » Accogliente e gentile, come sempre. Le dico che sono in ansia per Matteo che continua ad avere la febbre, che non riesco a parlargli. Non so come sta e se è il caso di portarlo al pronto soccorso.

Caterina mi lascia sfogare e poi, con poche parole, riesce a placarmi: « Sarà solo un po' di febbre, tutto normale per un bambino ». Mi propone di andare insieme sotto casa di Matteo e provare a citofonare. « Va bene, passo a prenderti alle tre. »

Citofono muto, tutto inutile.

2 dicembre

Ho chiamato a casa per tre volte per sapere come stavi.

Non ha risposto nessuno.

Ho chiamato sul cellulare. Ci sono volute quattro telefonate per saperlo. La linea cadeva sempre...

E così ho richiamato e sono finalmente riuscito a parlarti.

Incredibile come ridi e scherzi al telefono quando sei libero di farlo.

Ci siamo detti «Zot», mi hai fatto il «Fiu» di Superman. Abbiamo ripetuto insieme la nostra filastrocca del gelato al cioccolato.

Poi tua madre ha preso il telefono: «Cosa ci facevi ieri sotto casa nostra con quella? Chi è, la tua nuova donna?»

Non è stata una buona idea venire sotto casa tua con Caterina. Ora tua madre è convinta che io stia con qualcuno. E mi farà la guerra più di prima. Questo no, non lo posso proprio sopportare. Non è giusto.

7 dicembre

Sono a Milano per lavoro. Ormai siamo a quindici giorni senza vederti.

Vivo con il paraocchi. Cerco di non vedere bambini, passeggini, vetrine addobbate per il Natale.

Dormo, lavoro. Lavoro, dormo. Mangio quando ne ho voglia. Sempre meno.

12 dicembre

Finalmente insieme.

Ieri passeggiata tra le bancarelle di piazza Navona.

Guardavi stupito tutte quelle luci e quelle decorazioni.

La giostra con i cavalli al centro della piazza. Ho conservato i biglietti. Felicità è anche questo. Soffro la giostra, ma ancora non mi fido a lasciarti da solo. Verrà quel giorno. E verrà anche il giorno in cui mi dirai che sei troppo grande per andare su quella giostra. E io mi sentirò meno indispensabile per te. Mi piace l'idea che piazza Navona possa diventare un momento fisso della tua vita. È soprattutto qui che a Natale Roma si veste a festa. Papà quando ero piccolo mi ci portava sempre. Ed è bello che, di padre in figlio, la tradizione continui.

Si respira aria di Natale.

Il mio collega Claudio e le sue figlie ci raggiungono. Mentre voi bambini siete sulla giostra, lo aggiorno sugli ultimi eventi. Fra le altre cose gli parlo di Caterina, del sostegno che ci dà, della nostra amicizia.

« Un'amicizia, eh? » dice sorridendo. « Tu quante amiche hai? E soprattutto, ci credi davvero nell'amicizia fra uomo e donna? »

13 dicembre

Quest'anno abbiamo una casa per festeggiare il Natale.

Faremo insieme un grande albero.

E troveremo il posto anche per un piccolo presepe.

Dormi.

In diagonale.

Avvolto, anzi, incastrato tra le coperte. Anche oggi, prima di addormentarti, hai messo la testa sulle mie spalle. « *Collopapà.* » E ci sei.

È il momento più bello della giornata. Il contatto fisico, il tuo abbandono totale. Senza bisogno di parole. Solo carezze. E l'illusione che tutto vada bene. Il mattino dopo, però, ritorna l'incubo del risveglio, della separazione. Vorrei che il tempo si fermasse per sempre. Vorrei sognare per sempre. Non svegliarmi più. Ma purtroppo non è così.

La realtà è ben altra, e non è per nulla felice.

14 dicembre

Oggi siamo stati dal nonno.

Dopo un momento di diffidenza ti sei sciolto. Ed è iniziato il terremoto.

La tua attenzione era calamitata da un albero di Natale a fibre ottiche che cambiava colore.

In braccio al nonno, ogni volta che arrivava il colore viola, tutti e due urlavate insieme: « Viola! »

Non la finivate mai. Non si riusciva a capire chi si divertisse di più. Non ho mai visto ridere così tanto mio padre. Chissà che magone ha dentro.

Chissà se capisce che, quando mi chiede come va, il mio «tutto bene» è solo di facciata. Quante volte abbiamo realmente parlato, io e papà? Poche. Quante volte ci siamo scontrati da posizioni opposte e inconciliabili? Tante. Eppure eccoci qui, quarant'anni dopo. Tre generazioni insieme. Senza tante parole. Con molti silenzi, di cose non dette e di amore. Un amore quasi perfetto. È stato duro con me, mio padre. Ma ora capisco perché. E guardandolo con il suo zucchetto in testa, mentre gioca con te, mi rendo conto che non è mai troppo tardi per ringraziarlo e per dirgli che gli voglio bene. Che adesso finalmente capisco fino in fondo a cosa serviva la severità con cui mi ha cresciuto.

Fine dei giochi. È tempo di tornare a casa.

Gioie. Dolori. Odori. Una casa è impregnata di tutto questo.

La nostra non ancora. È troppo nuova.

Ancora non sa di noi, ma almeno profuma di nuovo.

Mi arriva un sms di Claudio: la prossima settimana ci sarà una manifestazione in Comune per sensibilizzare l'assessore alle politiche sociali sulla necessità di offrire ai padri separati in difficoltà degli alloggi temporanei gratuiti o a prezzo agevolato. Mi faccio subito un appunto sull'agenda. La notizia deve avere spazio sul nostro giornale. Milano, Bolzano e

Genova hanno una casa di accoglienza per padri separati. Roma ancora no.

15 dicembre

Ora di andare a dormire. Sono le nove. Non c'è più, come ai miei tempi, un *Carosello* in bianco e nero a fare da spartiacque.

Con l'ippopotamo Pippo, Jo Condor e « Gigante pensaci tu! ». Immagini sbiadite che sembrano emergere da epoche preistoriche. Sono io il tuo carosello personale. Vivente. Ti metto a letto. Un letto piccolo, grazioso, comprato all'Ikea. Un giorno, se mai se ne presenterà l'occasione, sarà di tuo figlio. Stringi il tuo orsacchiotto tra le braccia. Dovrei leggerti un altro pezzo di *Pinocchio*. Siamo all'episodio della Balena, ma passano troppi giorni tra una lettura e l'altra e si finisce con il perdere il filo. Cosa faccio, il riassunto delle puntate precedenti oppure...? Meglio forse le ombre cinesi. Una nostra comune passione. Sul muro di fronte, come per magia, si materializzano cani, conigli, aquile. La cosa ti diverte da morire. Provi a imitarmi. Non è facile. Con il cane però te la cavi bene. Nove e un quarto. Siamo decisamente al limite. È tempo di dormire. Smorzo il tuo divertimento e tu ci rimani un po' male. « Resti qui, papà? » Adoro sentirmi fare questa domanda e ovviamente resto. Sdraiato sul tappeto, poggiato sul gomito, ti accarezzo con gli occhi mentre sbadigli.

Fuori, intanto, inizia a scendere una sottile pioggia. I rumori della città sembrano più lontani. La luce giallognola disegna altre ombre sul soffitto della tua camera. Batman torna nella sua Batcaverna. Spider-Man si toglie la tuta. Paperino impasta il suo cuscino. Gli Incredibili mettono a nanna la prole.

Ripenso a tutto quello che abbiamo fatto durante la giornata. Ai nostri giochi. Alla torre di cubi. Ai birilli di gomma. Alla barca di Capitan Uncino. Anche questa è stata una giornata piena. Chissà che razza di padre sarei stato se fossi rimasto con tua madre. Distratto? Negligente? Insofferente? Distante?

A volte me la prendo con certi colleghi della redazione che non capiscono la loro fortuna. Temono il rientro a casa. La valanga di problemi. Il dover ascoltare i figli. E non sanno che quelle quattro mura custodiscono un tesoro. Un figlio da abbracciare. Baciare. Strapazzare. Ascoltare. Educare.

Tu ormai dormi. Tra me e te, l'orsacchiotto. La tua faccia è deformata dal cuscino. Sei buffo. Tenero. Indifeso. Non riesco ad abituarmi all'idea che domani dovrò riportarti a casa. E che non potrò metterti a letto. Vorrei essere come il padre della canzone di Gianni Morandi *Sei forte papà*.

Ma intanto sono qui. Vicino a te. E non spengo la luce, amore mio. Con te, sogno a occhi aperti.

16 dicembre

Natale è alle porte.

Sto prendendo i regali. Uso a malincuore il plurale. Ho paura di viziarti scegliendone troppi. Ti ho comprato due modellini di automobili di *Cars*, più la Piston Cup. Già, la Piston Cup. Visto che in commercio non esiste, ho fatto un fermo immagine del film. Ho disegnato la Piston Cup e un amico fabbro, Roberto, ha fatto il resto. Pistone vero. Biella. Alette laterali. Vernice dorata. Esemplare unico. A tiratura limitata. Per il mio campione.

17 dicembre

Domani, festa di Natale all'asilo con i genitori. L'ho saputo da Caterina, perché a scuola nessuno, né le maestre né la direttrice, mi ha detto niente.

Vengo trattato come un appestato.

Eppure non ho mai fatto niente di male e mi sono sempre comportato bene con mio figlio...

E mi trovo sempre costretto a dimostrare di essere migliore di quello che sono. A trovare il modo di convincere gli altri.

Fortuna che la scuola dovrebbe essere imparziale.

Mi spiace per loro, ma domani ci sarò.

18 dicembre

Festa all'asilo, ma tu non ci sei.

Stamattina ci sei andato. Poi, nel pomeriggio, all'improvviso ti è venuta la febbre.

Il primo messaggio alle 13.51 mi annunciava che avevi la diarrea. L'altro alle 16 che avevi la febbre e dunque non potevi uscire.

Ho soffocato la rabbia e sono andato a scuola.

Ho preso il tuo disegno di Natale, un albero fatto con il collage. Ho salutato Caterina di sfuggita. Ho dato una carezza a Luca, ho ringraziato le maestre e sono tornato a casa.

22 dicembre

Oggi, dopo trent'anni, mi sono confessato.

Ne sentivo il bisogno. Forse un bisogno di spurgare tutto l'odio e il male che ho vissuto e che sto vivendo, un modo per azzerare tutto. Chissà.

È stato don Vincenzo ad ascoltarmi.

È un teologo che collabora con il giornale.

All'inizio mi è sembrato tutto facile, poi è iniziata la salita.

E alla fine ho pianto. A dirotto. Ora sono a casa. Svuotato, libero, leggero. E penso a te e al nostro incontro programmato fra tre giorni.

Programmato, capisci?

Un giudice ha dovuto stabilire giorni e ore, perché altrimenti non si può fare.

25 dicembre

Un bellissimo Natale. Sentito come non mai.

Io e te, sul tappeto, a scartare i regali. Io più bambino di te. Non sei sotto l'albero, ma è come se lo fossi.

E mentre sono assorto in questi pensieri e assaporo un po' di felicità, mi arriva il messaggio di Caterina: « Auguri, babbo brontolone ». Le rispondo che sono contento di sentirla e mi scuso per essere stato un po' sbrigativo con lei alla festa a scuola perché ero proprio infuriato.

Risposta di Caterina: « Ti va se dopo Natale ci vediamo per un caffè? »

27 dicembre

Ti ho comprato i pupazzetti degli Incredibili e di Nemo. Saranno i tuoi regali della Befana. Ho paura di viziarti. Ma ogni volta che vado in un posto c'è qualcosa che mi riporta a te e che immagino ti piaccia.

31 dicembre

Fantasmi e paure ballano nel mio cuore. E, ogni tanto, la fiammella di una speranza.

Non riesco a fare programmi a lunga scadenza. Tutto sembra dover essere improvvisato.

Giorno dopo giorno, minuto dopo minuto.

Ieri ti ho portato al circo, anche se io non l'ho mai amato.

Quelle bestie addomesticate, rinchiuse, non mi hanno mai fatto gioire. Neanche quando ero piccolo. I clown, poi, mi hanno sempre messo una grande tristezza...

Eppure eccoci qui, in prima fila.

Come sempre, per me lo spettacolo non è quello che si consuma nell'arena.

Sei tu, sono i tuoi occhi, quello che mi piace guardare.

Sorpreso davanti all'elefante.

Ammutolito davanti alla tigre.

Divertito davanti ai cavalli.

Spazientito davanti ai clown. Lo spettacolo è smisurato rispetto alla tua pazienza e alla tua curiosità.

Bisogna rientrare da tua madre, dove ti aspettano altri giochi.

Come sempre ti ho riaccompagnato alle 19.

Al portone vieni preso in consegna dalla donna di servizio, che controlla su un foglietto se ho riportato tutte le tue cose...

Nella valigia:

1 golf a scacchi azzurro lana
1 golf blu a collo alto
1 golf blu lana
1 golf bianco/blu zip lana
1 pile grigio
1 camicia bianca
1 camicia scacchi rosso/blu
1 camicia scacchi blu/amaranto
1 camicia jeans Disney
2 pantaloni velluto (beige-verde)
1 salopette imbottita marrone
1 pantalone jeans verde
2 pigiami
3 body
1 calzamaglia blu
4 paia di calze
trousse medicinali

Addosso:

salopette grigia imbottita
camicia azzurra
golf lana
body
calzamaglia-calze-scarpe da ginnastica
1 cappello
1 paio di guanti
1 paio di scarponcini

Questo è il foglietto che ti ha accompagnato in questi giorni. Basta. Decido che è troppo.

Da domani eviterò anche questa umiliazione.

Ci sarà un nuovo guardaroba.

Così finalmente potrò vederti vestito come desidero. Ovviamente raddoppieranno le spese. Ma questo al giudice non interessa per nulla.

Prima di scriverti, ho dato un'occhiata alle tue foto.

Ne hai più tu in due anni di vita che io in quaranta.

Ogni giorno che passiamo insieme, cerco di cogliere una tua espressione, un tuo momento. Che sarà solo e sempre nostro. Come un piccolo grande segreto.

Cambi faccia, giorno dopo giorno, cresci a ritmo vertiginoso.

Fino a un mese fa entravi nel cassone del camion di plastica, oggi non più.

Parli, interagisci sempre di più.

Sei un'avventura che ricomincia ogni giorno.

Stasera non passeremo il Capodanno insieme.

Ho chiamato il mio amico analista per gli auguri. Non lo sentivo da un paio di mesi.

« Sei come un perseguitato, un perseguitato politico. Questo è il ruolo che ti sei ritagliato. » Va giù piatto, senza fronzoli.

Autolesionismo allo stato puro, aggiunge.

Secondo lui, sto dicendo di no alla vita. Il mio

reagire alle provocazioni non aiuta. Forse è veramente arrivato il momento di dire basta.

Anche senza forse.

Devo voltare pagina.

Tornare a vivere.

Buon anno, Patato.

9 gennaio

Oggi è stato un giorno importantissimo.

Mi metto a scrivere senza neanche togliermi la giacca, perché di questo pomeriggio non vorrei dimenticare proprio nulla.

Sono andato a prendere Caterina al lavoro per quel caffè che mi aveva proposto a Natale.

Avevo voglia di parlarle di come mi sento, della mia angoscia e del mio senso di impotenza.

Ci siamo seduti al tavolino e ho iniziato a sfogarmi. Come un fiume in piena ho tirato fuori tutta la mia frustrazione.

Mi ha ascoltato senza mai interrompermi, ma quando ha capito che avrei potuto continuare all'infinito, ripetendo sempre le stesse cose, mi ha interrotto e ha iniziato a parlarmi con un tono dolce e fermo allo stesso tempo: « Leo, tu hai idea di quante donne e quanti uomini vorrebbero essere genitori, vorrebbero avere un figlio, amarlo, crescerlo... ne hai idea? Le cose ti sono andate male e il tuo matrimonio è finito malissimo, d'accordo. Ma tu hai avuto un figlio, *hai* un figlio, e questa è la cosa migliore che ti potesse capitare».

«Caterina, è ovvio che sono fortunato ad avere un figlio... quello che continui a non capire è che io, oltre ad avere un figlio, vorrei anche poter fare il padre. Invece questo diritto mi viene continuamente negato. Mi viene negata la possibilità di avere mio figlio con me e di fare il padre. Quel bambino è anche mio, possibile che debba essere il giudice a stabilire quando lo posso vedere? È assurdo, è un'ingiustizia. Quel bambino è anche mio!»

«No, Leonardo, Matteo non è *tuo*, così come Luca non è *mio*. I bambini non sono nostri. Noi dobbiamo amarli, accudirli e educarli, dare loro tutti gli strumenti di cui avranno bisogno per potersi scegliere la vita che vorranno. A te tutto questo non è negato. Tu puoi farlo. Non nel modo che ti saresti aspettato, non come nelle famiglie tradizionali, ma tutto questo lo puoi fare anche tu. Anzi, non solo puoi farlo, ma devi farlo per Matteo. Lui ha bisogno che tu lo faccia, ha bisogno di te.»

«Ma in queste condizioni io ho paura di non riuscire a fare il padre come vorrei e dovrei, e ho tantissima paura di non farcela. Ogni volta che lo sconforto prende il sopravvento, a me viene solo voglia di andarmene e di mollare tutto per iniziare una nuova vita all'estero o da qualunque altra parte. Io Matteo non lo lascerei mai e poi mai, per nessun motivo al mondo, ma quando sto così male mi rendo conto che non potrò mai essere un buon padre per lui. E non certo per colpa mia, ma per la situazione che si è creata.»

«Mentre ti ascoltavo mi è venuta in mente una bellissima poesia di un poeta greco, Kavafis. Si intitola *La città* e si basa su un dialogo molto simile al nostro di adesso. Uno dei due dice all'altro che vuole andarsene: '*Per altre terre andrò per altro mare...*' Andrebbe ovunque pur di non restare a vivere nella sua città, dove ogni suo sforzo è destinato al fallimento e dove vede solo macerie e solitudine. L'altro però gli spiega che scappare sarebbe inutile, perché la città e le cose non fatte della sua vita passata lo avrebbero inseguito ovunque e lui non sarebbe mai riuscito a trovare un altro luogo in cui vivere. La poesia finisce con due versi che sin dagli anni del diploma mi hanno aiutato a non desiderare mai di fuggire dalla mia vita. Te li scrivo su questo tovagliolo, prova a considerarlo un regalo, per piacere. Da parte mia lo è.»

Ha preso un tovagliolo rosso dal tavolino e con una grafia tranquilla e decisa ci ha scritto sopra:

Perché sciupando la tua vita in questo angolo discreto
tu l'hai sciupata su tutta la terra.

Ho letto e riletto in silenzio quei due semplicissimi versi, mentre mi vergognavo di me stesso e del modo in cui, sopraffatto dal dolore e dal risentimento, avevo sprecato gli ultimi anni.

Caterina ha sempre avuto la capacità di dirmi cose semplici e insieme sconcertanti, ma questa volta le sue parole hanno avuto su di me l'effetto di un terremoto.

Ci ho messo un po' ad avvertire la scossa, ma quando è arrivata ha fatto crepare tutti i muri. Senza risparmiarne uno.

Ho ordinato un altro caffè e un bicchiere d'acqua. Siamo stati in silenzio per qualche minuto mentre fissavo il vuoto oltre la vetrina del bar.

Poi mi sono alzato e l'ho salutata abbracciandola e dicendole semplicemente: « Grazie ».

Avevo bisogno di camminare, di respirare, di uscire dal mio grumo di dolore.

Era arrivato il momento di alzare la testa e ricominciare a guardare avanti.

SÌ, TI PRENDO ANCHE LA LUNA

11 gennaio

Oggi shopping. Non sopporto più di vederti vestito male, allora vado alla ricerca di qualcosa di più adatto a te.

Caterina mi ha accompagnato e i suoi consigli sono stati preziosissimi. Francamente non avrei saputo come orientarmi. Incredibile quanti vestiti siano disponibili per un bambino della tua età. Molte sono cose francamente immettibili. Difficile trovare un semplice maglioncino senza distintivi, marche o patacche.

Praticamente impossibile comprare qualcosa di anonimo e di bello.

A ogni modo, ne siamo venuti a capo: pantaloni di velluto, magliette, due golf con la zip, quattro polo, due felpe, scarpe da ginnastica e un piumino.

Oggi ho preso una seconda tuta per la scuola. Così la separazione è completa. Due case. Due armadi. Due vite. Un cuore diviso a metà.

So poco o nulla della tua vita nell'altra casa. Devo intuire. Hai di nuovo la febbre. Dormi. Sonno agitato. Da 38.2 sei passato a 37.2 e poi a 37.6. Oggi allora niente scuola. Contrariamente a quanto previsto, a causa della febbre non ci vedremo.

Quando ero piccolo, mia madre la chiamava febbre di crescita. Ed eccomi qui. A volte mi sorprendo a desiderare che tu cresca in fretta.

In modo da renderti autonomo e capace di manifestare la tua volontà, sperando che nessuno ti faccia lavaggi del cervello.

13 gennaio

L'ultima volta che ci siamo visti, mi hai fatto la sorpresa. Eravamo in casa, e mentre io stavo preparando la vasca per il tuo bagnetto, tu zitto zitto hai fatto capoccetta da dietro la porta del bagno. E con un sorriso hai acceso il sole.

Ultimamente abbiamo un nuovo gioco.

Mi punti il dito contro e dici: « Tu sei Papenger », e io: « No », e si va avanti passando per Batman, Superman, Asterix. Tutti gli eroi e supereroi dell'universo, fino ad arrivare alla parola fatidica: « Patatodipapàpescefrittoebaccalà ».

19 gennaio

Giornata da dimenticare.

Mi manchi. Tanto. E come se non bastasse, mi sono capitate tra le mani parti degli atti.

Ecco cosa resta di un amore. Cosa resta di tanti progetti. Di tante emozioni. Speranze. Carte. Denunce. Faldoni. Timbri.

E mi si è chiuso lo stomaco.

Sbrigati a guarire che così passiamo un bel pomeriggio con Luca e Caterina.

23 gennaio

Grande giornata quella di ieri.

Finalmente ci siamo rivisti. Avevo paura ti fossi dimenticato di me.

Hai fatto una faccia! È stato come portarti dentro un cartone animato.

Siamo stati allo zoo, con Luca e Caterina. Lei ha accolto la proposta con il solito entusiasmo. Ma dove le troverà tutte quelle energie e tutta quella voglia di fare?

Ai miei tempi lo zoo si chiamava zoo, ora invece ha cambiato nome, lo chiamano bioparco. Allo zoo, anzi al bioparco, siamo andati anche sul trenino. A forza di correre e scalmanarti, mi sei crollato in braccio.

È la cosa più bella che possa capitare a un genitore.

In quel lasciarsi andare, in quell'abbandono, c'è tutta la fiducia che niente di brutto ti potrà accadere. È qualcosa di istintivo e innato.

Dopo lo zoo siamo andati all'auditorium a sentire un concerto per bambini. Più che un pomeriggio, un tour de force.

Ma il bello è venuto poi a casa. Bagno con le *papette*, cena e nanna.

Cerchi la posizione, ti giri trascinando le coperte e alla fine ti accoccoli sulla mia spalla. Sospiri. Sospiro anch'io, e dopo tanto tempo mi sembra di stare in pace con il mondo.

1º febbraio

« Papà cattivo, papà cattivo, papà cattivo. »

Per ben tre volte, ieri, hai ripetuto questa frase, come un automa.

Sono rimasto a bocca aperta, anche perché stavamo giocando e non c'entrava proprio niente.

Mi sono avvicinato. Con dolcezza ti ho chiesto perché papà cattivo. E mi hai guardato stupito, inconsapevole. A tratti imbarazzato, come se avessi compreso di aver detto una cosa che non si doveva dire ma che hai sentito da altri. Ti ho accarezzato, ti ho fatto un po' di solletico e poi ti ho chiesto se mi volevi bene. Hai risposto di sì. Allora ti ho richiesto: « Papà cattivo? », e tu: « No, papà buono ». Meno male, ma dentro di me devo riuscire ad accettare che è normale che succeda anche questo.

8 febbraio

Festa per il compleanno di Luca. Ma tu non sei con me. Ho chiesto di cambiare giorno ma puntualmente la mia richiesta è caduta nel nulla.

Quando sono venuto all'asilo a prenderti mi hanno detto che ti sei fatto male a uno zigomo. Niente di grave, però ho chiesto una relazione scritta da parte della maestra. Inizialmente ha nicchiato. Poi, messa alle strette, ha ceduto.

Ho paura anche della mia ombra. Tutto può essere usato contro un papà.

Ed ecco che si riaffaccia il solito pensiero: mollare tutto.

Ma questa volta mi viene in mente un verso di quella poesia che mi ha fatto conoscere Caterina: *Non troverai altro luogo non troverai altro mare...*

Le scrivo: « Pare che Matteo sia malato, non potremo venire, scusaci. Ma recupereremo anche questo :-) ».

17 febbraio

Tempo di costume e coriandoli.

Facciamo la prova in casa. Il costume ti piace da impazzire. Ti vuoi guardare allo specchio mentre ti arrampichi sullo scaldasalviette.

Ridi di cuore.

Nella tua risata, nei tuoi occhi felici c'è il senso della vita.

L'innocenza, la voglia di scoprire, il piacere di stupirsi, meravigliarsi.

Che la vita possa sempre sorriderti!

20 febbraio

Ci siamo. Spider-Man va a scuola.

Per la festa di carnevale la scuola aveva chiesto di portare almeno due aranciate. Mi sono presentato con un vassoio di pizzette e due bottiglioni di aranciata. Le mani piene di cose e tantissima voglia di essere accettato.

Sono stato a pranzo dal nonno. Mi sono fatto dare un gioco che da piccolo mi piaceva tanto, il View-Master.

Un visore e dei dischi con immagini tridimensionali e i soggetti più svariati. Batman, Topolino, Peter Pan, Cenerentola. Io impazzivo. Spero piaccia anche a te.

Il 3d è come un fiume carsico. Ogni tanto riaffiora. E qualcuno già parla di televisori 3d.

Nei dischetti del View-Master c'è buona parte della mia infanzia. È uno dei pochi oggetti che mi è rimasto.

Mi ricorda quando ero piccolo e felice.

Dopo la festa, devo correre in redazione. Sto approfittando del mio lavoro per provare a squarciare il velo di indifferenza che c'è in giro sul problema dei padri separati.

27 febbraio

Due giorni a Carsoli. Giorni di raccoglimento.

Sai, se mi volto indietro e guardo tutto quello che ho fatto, non posso proprio lamentarmi.

Sono riuscito a ottenere quasi tutto quello che desideravo. Il bilancio è in attivo.

Certo non tutto è andato come volevo, come il matrimonio, ma ognuno di noi ha il suo percorso. I suoi fallimenti.

Il problema non sta tanto nel non cadere quanto nel rialzarsi. A fatica, stringendo i denti, ma va fatto.

Qui, nel silenzio della campagna, mi riesce più facile ascoltare il flusso di pensieri che si agita in me e tentare di metterci un po' d'ordine.

Alla fine mi dico che sì, ce la posso fare.

3 marzo

Un figlio è un pensiero costante che non ti abbandona mai.

Ieri ho mandato un sms a Fiamma per sapere se, dopo due giorni, sei riuscito a fare la cacca.

Nessuna risposta.

5 marzo

Dopo l'asilo ci fermiamo nel giardinetto vicino alla scuola con Luca e Caterina. Mentre voi salite sullo scivolo noi ci sediamo sulla panchina. Senza preamboli chiedo a Caterina perché non mi parla mai del suo passato, della sua separazione.

E lei ancora una volta mi spiazza.

« Non te ne parlo semplicemente perché ho smesso da tempo di crogiolarmi nel dolore e nel rimpianto per quello che è stato. I miei pensieri e le mie energie sono concentrati su Luca e sull'oggi: la nostra quotidianità, i piccoli progetti per il futuro, la sua educazione. »

10 marzo

Mi piace venire a prenderti all'asilo.

Avanzare non visto mentre giochi in giardino. La maestra che ti dice: « C'è papà », il tuo cercarmi con lo sguardo e il corrermi incontro.

Tu che spicchi il volo e io che ti abbraccio e ti bacio.

Pronti per andare a giocare e stare insieme.

Oggi ci siamo divertiti un mondo.

Dopo la nanna, ti ho portato a Villa Borghese e lì sei impazzito per le bolle di sapone, anche se poi il cavallo della giostra ti ha attratto come una calamita. Poi è scattata la caccia al piccione. Anzi piccio-

piccione. Hai un sorriso contagioso, metti allegria. Che Dio ti benedica. Scatto foto a raffica, come se qualcuno potesse scipparmi questi momenti unici.

11 marzo

Siamo stati al cinema. Per la prima volta, almeno con me. Ad accoglierci, al Warner Village, le statue a grandezza naturale di Batman e Superman. Foto di rito. Il film che ho scelto per te è *Cars*.

Purtroppo ho calcolato male i tempi. I venti abbondanti minuti di pubblicità all'inizio hanno fiaccato il tuo interesse. Abbiamo seguito solo una mezz'ora di film. Poi siamo andati via. Ma hai gradito. Chissà se è stata la tua prima volta al cinema.

19 marzo

Festa del papà. Insieme.

Non ho mai amato le feste comandate. Sanno di affari e pubblicità.

Questa però la vivo in maniera particolare.

All'asilo ti hanno fatto fare un disegno dedicato a me che è già finito nella scatola dei ricordi, insieme ad altre cose.

Un messaggio di Caterina: « Buona festa del papà, Brontolo ».

Ieri ti ho portato a vedere l'ultimo film di Asterix. E questa volta hai resistito fino alla fine.

Appena entrato in casa, ti sei buttato sul View-Master.

Sul divano, accoccolato sulle mie gambe, il visore verso la luce e la fantasia a briglie sciolte.

Vivo di piccole grandi cose. Il tuo bagnetto, un nostro gioco, la pappa, la buonanotte.

21 marzo

All'uscita di scuola mi ha fermato Caterina. « Senti, Leo, io questa cosa te la devo proprio dire. »

Non capisco, non credo di aver fatto nulla di male. Ormai ci frequentiamo da un po', e con i nostri figli e fra noi tutto è sempre filato liscio.

« Dimmi, Caterina, qual è il problema? »

« Nessun problema, ma volevo dirti che ieri Fiamma mi ha aspettata fuori dalla scuola. A brutto muso mi ha detto che non vuole che Matteo e Luca si vedano quando Matteo è con lei. »

« E tu? »

« Le ho detto che non è il caso di mettere in mezzo i bambini, che tu mi sembri una brava persona, e che non mi interessano i vostri problemi. »

Conosco i miei polli e anticipo.

« Scommetto che ti ha detto di non fidarti di me. »

« Sì, mi ha detto anche questo, forse dovrei davvero pensarci », e mi sorride.

26 marzo

Oggi il cielo è limpido, sembra che l'inverno non abbia voglia di tirarla per le lunghe. L'aria è fina e profumata. Cosa rara per una città come Roma.

Penso, non so come, al mio conto in banca. Ridotto a zero. Due case, un mutuo e neanche un euro in tasca. Insomma, un povero ricco...

Quello che doveva garantire la tua tranquillità se ne è andato in avvocati, mobili e la nuova casa.

29 marzo

Riunione di redazione, ore dodici. Sullo schermo del telefonino appare il nome di Caterina. Mi alzo ed esco dalla stanza per rispondere alla chiamata.

« Ciao, Leo, come stai? »

Complice la notifica di un ricorso in cassazione della mia ex moglie, vorrei dirle di passare alla domanda di riserva. Ma lei non me ne dà il tempo.

« Portiamo i bambini ai gonfiabili, domani? » mi chiede.

« No » rispondo categorico. « Scusami, te l'ho detto, odio i gonfiabili. Sono poco igienici e pericolosi. Ci vuole un niente per farsi male. E poi chi la sente la madre di Matteo? »

« Ma dai, smettila di fare il Brontolo. Molla il guinzaglio. Non puoi far crescere tuo figlio sotto una campana di vetro. Non succederà nulla e passeremo un bel pomeriggio con i bambini... »

Difficile dire di no a Caterina. Difficile dire di no a un'amica, all'unica mamma della classe di Matteo disposta a darmi fiducia, a una persona speciale.

Mollo ormeggi e resistenze: « E va bene. Ci vediamo domani all'uscita di scuola ».

L'annuncio del pomeriggio di giochi insieme a Luca scatena l'entusiasmo di Matteo. Al telefono è eccitatissimo. Non sta nella pelle. Mi manda baci, mi dice « Grazie, papino ». La sua gioia incontenibile è più forte della mia paura che si faccia male.

30 marzo

Pomeriggio ai gonfiabili, per far contenti i bambini e Caterina. Ironia della sorte, Caterina stanotte si è sentita male. Rinunciamo? Neanche per sogno. Si va. « Andate voi tre maschiacci » propone lei. « Vi divertirete un sacco. »

Eccomi pronto, allora, al volante della mia auto con due seggiolini sul sedile posteriore e altrettanti marmocchi scatenati. Già è difficile con uno solo, ce la farò con due?

Certo che ce la farò.

Appena arrivati scopro che il Play Planet, il mercoledì pomeriggio, è una sorta di ritrovo di padri separati. Il gestore del centro, una ex palestra trasformata in parco divertimenti pieno di giochi gonfiabili, scivoli, castelli, dondoli, tappeti elastici, ci saluta cordialmente. E tu con mio sommo piacere gli rispondi. Ci tengo molto che tu risponda ai saluti. Non mi piacciono i bambini che non salutano. Quella del saluto è stata una mia piccola vittoria e una tua conquista, considerato che tendevi a non farlo.

Prima tocca a Luca: gli tolgo il giubbotto, poi le scarpe e infine gli sistemo i calzini. Quindi tocca a te, e con lo stesso ordine metodico ripeto l'operazione.

Siete entrambi impazienti di giocare. E io di veder soddisfatti i vostri desideri.

Iniziate con i tappeti elastici: dieci minuti di salti e di risate. Quando scendete avete le gote rosse e siete sudatissimi. Sarà il caso di levarvi il golf o prenderete freddo? Fa tutt'altro che caldo qui dentro, ma decido di levarvelo.

Ora tocca allo scivolo. No, Matteo, quello è troppo alto, lassù ci vanno i bimbi più grandi. Protesti, fai un po' di capricci, poi ti rassegni e ti dirigi verso lo scivolo dei più piccini. Luca ti segue passo passo. Ti arrampichi goffamente sulla scala, arrivi in alto e gridi: « Guardami, papà! » E poi giù scivolando sulla pancia. Bravo il mio campione!

Sei tutto soddisfatto e accaldato: fai su e giù almeno altre dieci volte. Luca sempre dietro di te. Dopo ogni scivolata, ti avvicini a me soddisfatto e ci diamo il cinque, come due consumati amici.

Decido che è il momento di una pausa per la merenda. Al bar, ordino per voi un piccolo toast e un succo alla pesca (temperatura ambiente, chiedo al barista. Una volta l'hai bevuto freddo, ti è venuto il mal di pancia e tua madre se l'è presa con me. Non voglio che succeda ancora).

Ora vuoi tuffarti in una vasca piena di palline colorate.

« Papà, guarda cosa so fare! » urli.

Ti butti, ti rotoli, cerchi di stare in piedi, ma è impossibile. Faccio un paio di foto col telefonino, da mandare a Caterina.

Accanto a me c'è un altro papà che fotografa la sua bambina.

« Si divertono un mondo, eh? » gli dico. « Io veramente non ce li volevo portare, perché questi giochi mi sembrano pericolosi, poi però la mamma dell'amichetto di mio figlio mi ha convinto. »

« Io invece d'inverno ci vengo tutti i mercoledì » risponde. « Mia figlia vive con sua madre e il mercoledì è il nostro giorno. »

« Purtroppo so cosa vuol dire... »

« Separato anche lei? »

« Eh sì. Mi chiamo Leonardo, piacere » e gli allungo la mano.

« Io Gianni. »

Mentre i bambini rotolano tra le palle colorate, Gianni mi racconta la sua storia. Ex agente immobiliare, nel giro di tre mesi perde tutto: la moglie lo lascia, è costretto ad andarsene di casa, entra in una spirale depressiva che fra le altre conseguenze lo porta a perdere il lavoro. Il conto in banca si prosciuga rapidamente e lui non riesce più a pagare gli alimenti alla ex moglie. La figlia ha bisogno di un apparecchio per i denti e lui non sa dove trovare i soldi. È costretto a dormire da un'anziana zia e a vendere la macchina. Arriva a consumare un solo pasto al giorno, quello della sera, alla mensa della Caritas.

Proprio quando sente di aver toccato il fondo, e pensa di farla finita, tramite la Caritas conosce altri padri nelle sue condizioni. Padri che condividono minuscoli appartamenti in periferia, che si aiutano l'un l'altro. Grazie a uno di questi papà, Gianni viene a sapere di un ristoratore che cerca un cameriere solo per i fine settimana. La cucina e la buona tavola sono sempre state la sua passione, e nel giro di pochi mesi viene assunto a tempo pieno. Ora è il caposala del ristorante. Adora il suo nuovo lavoro e fra un mese si trasferirà in un monolocale con l'affitto agevolato per i padri separati. Finalmente una casa tutta sua, dove poter stare con la bambina.

Prima di salutarci gli faccio i complimenti per il coraggio e la tenacia e ci scambiamo il numero di telefono.

31 marzo

Ieri sera, prima di addormentarti, mi hai detto: « Sei il miglior papà della mia vita, grazie papino ». Ti abbraccio forte forte. Per un istante penso che il compagno di tua madre possa fare lo stesso con te. L'idea mi fa impazzire. Ma quel tuo dirmi « sei il miglior papà della mia vita » sgombra il campo dagli equivoci. Nessuno potrà mai sostituirmi nel tuo cuore. Ieri ho visto padri felici che abbracciano i figli. Giocano, si divertono. Ho osservato a lungo Gianni e la sua bambina e mi sono sorpreso a pensare come sarebbe stato diverso avere una figlia. Una bambina. Barbie e nastrini al posto dei Gormiti.

Notte, Batuffolo.

1° aprile

Un'altra telefonata inutile, con lei vicino a te. Si sentiva che eri contento, ma ti sei limitato a mugolare. Per fortuna che domani ci vediamo. Almeno spero!

2 aprile

Insieme.

Nel cassetto del tavolo della cucina che apri sempre per giocare con le quattro cianfrusaglie che ci sono, hai trovato le auto *spistose*.

Domenica invece ti darò il computer di Winnie the Pooh e una piccola palla da rugby.

Stanotte mi sono svegliato quattro volte per coprirti.

Non mi è pesato. È bello guardarti mentre dormi sereno. Il respiro regolare interrotto ogni tanto da qualche piccolo fremito. E io lì ad accarezzarti, mentre un nuovo giorno nasce intorno a noi.

Tra poco si va a scuola, Patato.

4 aprile

Provo a chiamare. Inutile. Non vuoi parlare con me.

Caterina dice che devo evitare sia a te che a me questo stress, l'avvocato invece mi dice che « a livello legale » va fatto.

7 aprile

Quando sono venuto a prenderti, la tua tata mi ha consegnato lo zainetto, la solita lista dei vestiti e uno sciroppo.

Ho preso lo sciroppo e ho restituito lo zaino.

Ho scoperto così che hai la tosse. Tua madre poteva anche dirmelo.

Cerco di soffocare la rabbia e provo a pensare ad altro. Penso a Gianni e a come è riuscito a risalire dopo aver toccato il fondo.

Per mia grande fortuna, nonostante le spese ingenti, le due case e le parcelle agli avvocati, non sono mai rimasto sul lastrico. So bene quanti padri si sono trovati nelle stesse condizioni di Gianni e mi chiedo cosa avrei fatto se ai tanti pensieri e alla disperazione si fosse aggiunto il problema di non avere di che vivere.

Ho una strana sensazione. È come se d'un tratto non mi sentissi più da solo. E mano a mano che cresce questa sensazione svanisce la paura.

12 aprile

Siamo in vacanza in Liguria da dei miei amici di Rapallo che hanno due figlie della tua stessa età.

Quando sei con loro sei peggio di un rullo compressore. Si vede che hai voglia di muoverti e fare casino. Sei come una lattina di Coca-Cola agitata e subito stappata.

Abbiamo corso sulla spiaggia, complice la temperatura mite. Il sole era alle nostre spalle come, almeno per un attimo, i nostri problemi.

Al ristorante, a pranzo, hai fatto un gran capriccio. Colpa della stanchezza? So solo che alla fine siamo dovuti tornare a casa mentre dicevi: « Papà cattivo, voglio mamma ».

13 aprile

Acquario di Genova.

È stato come entrare sul set del film *Alla ricerca di Nemo.*

Hai guardato con occhi rapiti tartarughe, delfini, squali finalmente veri e non generati da un computer.

Una giornata indimenticabile.

Mi prendevi la mano e mi trascinavi alla vasca successiva dove ti incollavi e frugavi ovunque con lo sguardo.

In serata, poi, il grande capriccio e la svolta.

A cena non hai voluto mangiare. C'erano le orecchiette al pesto. Per la prima volta ti ho dato uno sculaccione. Leggero, quando giochiamo se vuoi sono anche più forti. Ma qui era il contesto a fare la differenza. Ti ho portato nell'altra stanza lontano dai nostri amici. Ti ho chiesto: « Mangi? » E tu: « No ». E ti ho dato lo sculaccione. Ti ho ripetuto più volte la domanda, e tu sempre: « No ». Alla fine, l'ho avuta vinta. Hai detto: « Sì ». Un sì che è suonato liberatorio alle mie orecchie. Finalmente, perché mi sono sentito veramente una merda a fare questo. Ma i risultati sono arrivati. Seppure in un'ora e un quarto, hai mangiato tutto: orecchiette e pesce.

14 aprile

Lo sculaccione ha fatto bene. Mangi e ti diverti. Vale la regola del « conto fino a tre » se fai qualcosa che non va. Allungo il conto. Due, due e mezzo, due e tre quarti, tre meno dieci e così via...

Funziona.

Intanto abbiamo un nuovo gioco. Elencare tutti i pesci che abbiamo visto all'acquario. Sono felice che l'acquario abbia colpito la tua immaginazione e di aver trovato ancora una volta qualcosa di bello da farti fare.

15 aprile

Vero. I sogni finiscono all'alba.

Ti stai per svegliare e noi dobbiamo ripartire. Una settimana è volata. Segno che siamo stati bene.

Mentre scrivo ti svegli e mi chiedi cosa sto facendo. « Un diario per te » rispondo. « Per non dimenticare. »

16 aprile

In viaggio con papà.

Scrivo quasi subito. Prima che i ricordi e le sfumature svaniscano.

Ieri sei stato un eroe. Hai sopportato ben dieci ore di viaggio e una pasta scotta e collosa propinataci dall'autogrill in autostrada.

Non hai protestato, hai mangiato senza fiatare.

Bellissima la complicità che si è creata tra di noi.

A un tratto, mentre mangiavi un gelato invece di «leccare» hai detto un'altra parola che proprio non c'entrava per niente. L'hai detta così grossa che sei stato il primo ad accorgertene e a ridere di gusto. E io dietro. Come due vecchi amici o, più semplicemente, come un padre e un figlio.

Quel momento, così come la nostra corsa sulla spiaggia, è qui, indelebile nel mio cuore.

17 aprile

Ieri ti ho portato con me al giornale. In redazione. Ti ho fatto vedere le vecchie rotative. Poi ti sei seduto vicino mentre scrivevo un pezzo. E tu ogni tanto cercavi di pigiare un tasto. Chissà cosa farai da grande, se ti piacerà il mio lavoro, oppure svilupperai inclinazioni completamente diverse. Se mai dovessi fare il mio lavoro non mi dispiacerebbe. Ma se così non fosse, nessun problema. L'importante è che tu faccia qualcosa in cui credi. La tua passione deve diventare il tuo lavoro.

Farò di tutto affinché tu possa trovare la tua strada. Te lo ripeto perché è importantissimo. Fa' che la tua passione diventi il tuo lavoro.

18 aprile

Pasquetta. Oggi finalmente hai mangiato senza che dovessi insistere.

Siamo andati a casa di amici. Tu, solitamente ritroso e refrattario alle novità, ti sei divertito un mondo. Ti ho calato nell'abitacolo di una vecchia Fiat 850 spider.

E tu giù a toccare tasti, levette e a suonare il clacson.

Scricciolo mio! Sei un batuffolo di lana. Leggero come una piuma. Vorrei tanto che in questi momenti la vita diventasse un fermo immagine. Vorrei riempirmi il cuore di te, fino a ubriacarmi.

---

19 aprile

Mi arriva un'e-mail di Caterina.

Non amo la posta elettronica. Oggi la gente non si parla più al telefono. No. Si manda e-mail. Magari da una stanza all'altra. In redazione ormai è la normalità. A me sembrano tutti matti.

Non amo la posta elettronica e non amo il computer. Appartengo alla civiltà analogica.

Il suo messaggio mi lascia di stucco. Da quando Luca frequenta Matteo nei giorni in cui è con me, è stata lasciata sola da tutte le altre mamme della scuola.

Emarginata. Hanno fatto muro contro di lei. Non si tratta di sensazioni, ma di fatti. Suo figlio non viene più invitato alle feste dei compagni, lei viene ignorata quando si tratta di raccogliere la quota per il regalo da fare alla maestra.

È diventata trasparente. Come me. Caterina inoltre mi racconta che su di me girano chiacchiere per nulla simpatiche.

È dispiaciuta. Non tanto di non far più parte del gruppo, quanto del fatto che suo figlio è stato escluso dalla vita sociale dei suoi compagni di classe.

Mi rimprovera perché non mi faccio sentire da settimane.

La mail si conclude con una rassicurazione: Luca continuerà a frequentare Matteo.

Dal profondo del cuore ringrazio il suo coraggio. Gliene sarò sempre grato.

24 aprile

Domenica al circuito di Vallelunga. Porsche Cup.

Se l'acquario di Genova ti ha riportato a *Nemo*, qui si respira la storia di *Cars*.

Frotte di meccanici frenetici. Tir giganteschi. Motorhome. Pile di pneumatici. Cronometri al collo. Auto in gara. E, spettacolo nello spettacolo, il pit stop.

Atmosfere che già hai masticato con *Cars*, appunto.

Stavolta però il merito non è dell'abilità dei disegnatori della Pixar. Qui è tutto vero, piacevolmente e rumorosamente vero.

Zampetti da un box all'altro grazie al mio pass da giornalista. Guardi meravigliato ogni particolare. Sembri Alice nel Paese delle Meraviglie.

Vorresti toccare tutto e hai gli occhi pieni di felicità.

Incredibile. Se raffronto gli stimoli che ho ricevuto io a tre anni con i tuoi, non c'è partita.

Vorrei farti conoscere più cose possibili.

In serata, pizza a Trastevere con i miei amici.

Ti porto sulle spalle mentre sgusciamo tra la folla che anima i vicoli di Trastevere. Al tavolo c'è una bimba di poco più piccola di te. Mentre mangi la pizza, con la coda dell'occhio vedo che passa un ambulante con una giraffa gonfiabile. Vederla e prenderla è tutt'uno.

Raffa la giraffa. In auto non entra e così siamo costretti ad aprire il tetto. Buffo vedere la testa di una giraffa che sbuca dal tetto di un'auto.

In macchina cantiamo a squarciagola *Obabaluba*. Ormai conosci tutte le parole. Ma è anche tempo di alzare il tiro. I Queen e Lucio Battisti, per esempio. Due mie grandi passioni. *Another one bites the dust*, *We will rock you*, *Con il nastro rosa* e *Dieci ragazze*.

A casa, prima di addormentarti, mi racconti qualcosa della vacanza con tua madre. Sardegna. Villaggio. Animatrici. « Papà, lo sai che non erano mica simpatiche. Volevano farmi ballare la musica del miniclub. »

« E tu, amore mio? »

« Io non ho ballato. »

« Bravo. Adesso nanna perché siamo stanchi. Bacio. »

Braccia al collo, Matteo mi schiocca un bacio sulla guancia. E la felicità scorre nelle vene.

Ci addormentiamo insieme.

25 aprile

Oggi mi è arrivata una foto sul telefonino: Caterina che porta Luca sulle spalle, tenendolo per le mani.

Sono alla manifestazione per la festa della Liberazione e hanno un'aria allegra e festosa. Indossano vestiti di colori diversi e fin troppo accesi, ma che su di loro, per qualche strana alchimia, compongono un insieme perfettamente armonico.

La faccia di Luca è la fotocopia di quella della madre, stesso sorriso luminoso.

26 aprile

Mi prendi la luna?

Me lo chiedi ogni volta che il sole va a dormire e appare il disco d'argento.

Guardi il cielo e mi chiedi di fare un grande salto fin lassù. Magari potessi.

Il nostro rapporto sta crescendo settimana dopo settimana: siamo sempre più complici. Prima di andare a dormire spesso mi chiedi di farti il solletico o la lotta. E giù a ridere e a far casino.

Voglio offrirti tutto il meglio, Matteo, vorrei che tu diventassi un uomo felice.

27 aprile

Sono venuto a prenderti a scuola. Sei seduto dietro, sul tuo seggiolino.

Ti canto *Rime per un sogno* di Fabio Concato a ritmo di ninna nanna e tu, complice il movimento ritmico dell'automobile, prendi sonno. Lentamente i tuoi occhi si chiudono.

I raggi del sole filtrano dal tettuccio apribile. Fa caldo. E io mi sento felice.

La felicità, al contrario del dolore, la percepisci sempre dopo. E invece, stavolta no.

Mi gusto tutto al rallentatore e ne assaporo fino in fondo ogni sfumatura.

Scrivo un messaggio a Caterina: « Primavera d'intorno ».

3 maggio

Approfittando del fatto che il lunedì è il suo giorno libero, chiedo a Gianni di pranzare insieme. Siamo andati in una trattoria vicino al giornale. Un piatto di spaghetti con la bottarga, acciughe fritte e vino bianco frizzante ghiacciato.

Gianni mi racconta che nella nuova casa si trova bene, malgrado qualche difficoltà. È un monolocale ampio, ma manca una stanza per la bambina, uno spazio tutto per lei e per i suoi giochi. Padre e figlia sono costretti a dormire insieme sul divano letto.

Gli dico che per conto del giornale sto lavorando a un'inchiesta sulla condizione dei padri separati in Italia. Quello che per adesso non gli dico è che non c'è solo l'inchiesta. In realtà voglio occuparmi di questa causa anche da privato cittadino.

Gli chiedo di accompagnarmi alla Caritas, di presentarmi le persone che ha conosciuto e che lo hanno aiutato.

8 maggio

Oggi ti ho comprato la bicicletta. Rossa e blu. La mia invece era verde con i parafanghi bianchi. Chissà se è la tua prima bicicletta. Dalla casa in cui vivi continua a non filtrare nessuna notizia. Come nella Russia di Andropov.

Le giornate sono belle e lunghe. Ideali per andare a Villa Borghese. Rotelle d'ordinanza. Piedi sui pedali, campanello e via. Spero ti piaccia. Domani ti vedo. Bacio.

9 maggio

Non pedali. La bici ti piace, ma forse è ancora troppo presto. A ogni modo hai giocato ai giardinetti fino allo sfinimento. Il Pincio ti ha accolto. Cordiale come sempre. Giochi con i sassi. Lo facevo anch'io.

L'automobile ti concilia il sonno. Appena ti siedi, crolli. In mezzo al traffico vado piano. Mi sembra di passare più tempo con te. Pura e semplice illusione, ma rende meno traumatico il distacco. Arrivati. Fermo l'auto. Salgo dietro. Sento il tuo odore. Ti accarezzo. Faccio la voce dolce. « Piccolooo, siamo arrivati. Svegliati, Patato. » Apri gli occhi. Chissà cosa stavi sognando. Magari due genitori che ti accolgono nel lettone. Che ridono e scherzano insieme. Così non è. Le fatine blu sono solo nelle favole.

13 maggio

Giornata genitori-figli a scuola.

Pensavo di non trovarti. Pensavo avessi la solita malattia diplomatica. E invece, a sorpresa, c'eri.

Mentre tua madre non c'era, peccato. Poteva essere un'occasione per costruire almeno un rapporto da genitori, una strada sulla quale sarebbe opportuno camminare insieme e non da soli, ma pazienza.

Appena arrivato, mi hai visto dalla finestra e mi sei corso incontro. Abbiamo giocato tutta la mattina con forbici, colla e cartoncino.

Intorno a noi, altre mamme, i tuoi compagni di scuola e un altro papà. Capisco che il mio lavoro abbia una certa flessibilità, però non ho potuto fare a meno di stupirmi del fatto che ci fossero solo due papà.

20 maggio

«Mi fai la pasta al tonno?»

«Mi fai l'hamburger?»

Ogni volta che ci vediamo arrivano puntuali le tue richieste.

Mi piace cucinare. Ho imparato da adolescente, nei frequenti ricoveri di mia madre in ospedale. Pasticciando e mescolando, strada facendo ho raggiunto risultati non disprezzabili. Adoro cucinare per te. E adoro veder affiorare sul tuo volto quel sorriso di soddisfazione, vederti mangiare con appetito. Cucinare per te è un atto d'amore. L'equivalente di una carezza, di un abbraccio, di un bacio. E ora che sono genitore, capisco quanto amore ci fosse dietro i piatti che mi preparava mia madre.

La mattina del giorno che ci vediamo, mi alzo presto. Nel silenzio del giorno che inizia, incomincio a trafficare tra i fornelli. Corsia preferenziale per il budino al cioccolato. Sempre presente, tranne che d'estate. Ho comprato anche le formine in silicone.

Prima di servirtelo, mi diverto a decorarlo con pezzi di banana o di un altro frutto, a seconda della stagione.

Non è stato facile all'inizio farti mangiare. I disagi legati alla separazione hanno inevitabilmente lasciato tracce. Da un po' di tempo però le cose stanno leggermente migliorando. Vai pazzo per le polpette al tonno, un piatto che mi ha insegnato Caterina. Mollica di pane, latte, uova, tonno, prezzemolo e pan grattato.

Un paio di volte mi hai dato una mano. Ti sei sporcato e hai sporcato dappertutto, ma ti sei divertito un mondo. E poi, l'orgoglio di dire: « Queste le ho fatte io ».

Pranzo o cena, non cambi. Sei molto lento nel mangiare, e a volte devo farti fretta, perché quando devi rientrare da tua madre non possiamo tardare neanche di qualche minuto. In cucina non ho la televisione. In cucina si ascolta la radio. Al limite un po' di musica. Il giusto sottofondo per le nostre confidenze. Ci lanciamo in mille discorsi. Sui supereroi. Su quello che fai a scuola. Su ciò che ti piacerebbe fare da grande.

Ogni tanto molli la forchetta, scendi dal tuo trespolo e mi abbracci. Rimaniamo un paio di minuti in silenzio. Stretti. Tu, con la tua guancia morbida, io con la pelle ispida di barba.

Ti assaporo goccia a goccia, come un elisir di lunga vita.

PRIMAVERA D'INTORNO

28 maggio

Al nostro arrivo, la fila di uomini e donne che aspettano corre lungo tutta la strada che costeggia la stazione.

L'immagine non mi è nuova.

Quando lavoravo a Milano, abitavo accanto alla mensa dell'Opera san Francesco, che si trova in pieno centro, a pochi passi dallo show-room di Dolce&Gabbana. Lì davanti, all'ora dei pasti, la fila era sempre lunghissima.

Insieme a Gianni, che mi precede di pochi passi, entro da un ingresso laterale della Caritas della Stazione Termini. Arriviamo in uno stanzino illuminato da una luce centrale al neon, dove ci accoglie il responsabile del centro.

«Secondo le nostre stime» mi racconta «sono circa tre milioni i padri separati che vivono sotto la soglia di povertà, molti dei quali si rivolgono alle strutture della nostra associazione. Sono uomini che hanno subito una doppia sconfitta, personale ed economica. Quasi sempre hanno bisogno di sostegno psicologico. Due mesi fa un uomo di quarantacinque anni ha tentato il suicidio nei nostri bagni. Si è salvato per miracolo.»

Gianni ci tiene a presentarmi un suo amico, uno dei padri soli che gli hanno dato conforto nei momenti più bui. Ha cinquant'anni, fa l'operaio e quando i turni glielo consentono presta servizio di volontariato nella struttura. Mi rivolge poche e lapidarie parole.

«Tutta colpa dei giudici...» mi dice.

«Ha figli?» gli chiedo.

«Due. Una di otto e una di diciotto.»

«Quando si è separato e perché? Sempre che abbia voglia di dirmelo...»

«Ci siamo lasciati sei anni fa. Mia moglie aveva un altro, ora si sono sposati e hanno avuto un figlio.»

«E lei ci pensa a rifarsi una famiglia?»

«Per ora penso solo a sopravvivere. Di donne non voglio più sentir parlare.»

2 giugno

Domenica. Una nostra domenica. Da passare insieme. Aria fresca e cielo limpidissimo.

Ti sto venendo a prendere.

La tua bicicletta è nel portabagagli. In programma, passeggiata a Villa Borghese.

Non ami molto la bicicletta. Non hai una gran voglia. Ed è un peccato.

Quando sarai più grande potremo fare delle lunghe pedalate insieme. Non c'è cosa più bella, almeno per me. Andare in giro in bicicletta insieme e chiacchierare del più e del meno.

Non posso pretendere che tu la pensi come me. Ricordo che da piccolo non vedevo l'ora che mio padre mi portasse al Colle Oppio con la bicicletta. Di marciapiede in marciapiede, da casa andando verso il parco, conquistavo la mia piccola, grande libertà. Non ricordo neanche quando ho tolto le rotelle.

Atala verde, pieghevole, con i parafanghi bianchi. Il mio sogno era la Graziella Leopard. Gialla. Manubrio da chopper e sellino lungo. Ruote tassellate per improbabili sterrati. Ma era roba da pochi eletti. E, tutto sommato, la mia Atala bastava.

Oggi, tocca a te. Citofono. Va in scena la solita recita. Il «Sì?» di tua madre e il mio «Matteo». Questo è tutto quello che ci diciamo di solito. Niente più.

Ma ci sei tu, e il resto non importa.

Sulle spalle lo zainetto con il cambio dell'asilo per il lunedì. E il tuo buon umore.

Arrivare a Villa Borghese è un attimo. Parcheggiare, meno. Ma alla fine ci riesco.

Verde. Gli alberi. Azzurro. Il cielo.

Vaghiamo senza meta per i vialetti. Indichi ogni cane che vedi, e mi chiedi di imitare il suo verso. In pochi istanti mi invento voci e improbabili pensieri di cani. Che nella mia testa sono sempre affamati e insofferenti dei loro padroni.

Cominci a pedalare. Tra una risata e l'altra. Hai paura di cadere e farti male. E io con te. Per i figli dei divorziati, un ginocchio sbucciato è un lusso che può costare caro. Temo sempre che un livido o un graffio possa essere usato contro di me. È successo di recente. Vorrei evitare.

Uno scoiattolo ci attraversa la strada. Si ferma. Anche noi. Si fa ammirare, regalandoci un momento unico, e poi si volatilizza su un pino con un'agilità portentosa.

Rimaniamo quasi imbambolati. Io più di te. Pensavo che queste cose fossero prerogativa del Central Park di New York, e invece...

Ringrazio il cielo per questo regalo, tanto inaspettato quanto prezioso.

Passiamo davanti alla Casina di Raffaello.

Virtuosi del roller che volteggiano tra coni di plastica catturano il tuo sguardo. Un'occhiata all'orologio. Tempo di fare retromarcia e tornare a casa. Piazza di Siena. E di nuovo al parcheggio in zona Parioli.

A casa è già tutto pronto. Sugo al tonno per la pasta, insalata, frutta. Strada facendo, sosta per le pastarelle. Che fanno tanto domenica. Alla panna per te. E sfogliatelle per me.

A casa, dopo mangiato, scatta la caccia al film. Stavolta la tua scelta cade su *Beethoven*. I film sono l'unica cosa che ti faccio vedere. Per il resto, la televisione resta sempre spenta. Visto quello che manda in onda. Mentre guardi per la centesima volta *Beethoven*, io sbircio i tuoi disegni. Hai un grande gusto del colore. Proprio sicuro che da grande farai l'agente segreto?

6 giugno

Da due giorni attendo risposta.

Ho chiesto di cambiare i giorni di visita per portarti a un'anteprima di un film della Disney. Ci saranno dei figuranti vestiti come i pupazzi del film.

L'ho detto anche a Caterina, e Luca già non sta nella pelle.

7 giugno

Ieri è uscita la mia inchiesta sui padri separati. Due pagine intere con richiamo in prima.

E da ieri il mio telefono non fa che squillare, per non parlare della casella di posta elettronica, che è andata quasi in tilt.

Non si può certo dire che l'argomento non interessi.

C'è anche una foto di Gianni. Fra i padri intervistati, è quello a cui ho dato maggiore spazio. La sua è una storia esemplare di discesa e risalita. Spero che possa infondere coraggio a chi non vede via d'uscita.

Gianni è proprio buffo: ha avuto il coraggio di lamentarsi per la foto, perché a suo dire quella pancia che si vede spuntare dalla giacca lui in realtà non ce l'ha.

« L'importante è crederci! » gli ho risposto. E mentre lo prendevo un po' in giro, pensavo che sono stato davvero fortunato a conoscerlo.

8 giugno

Ieri ho mandato un sms a tua madre.

Le ho scritto che mercoledì non posso vederti per problemi di lavoro. Neanche il tempo di alzare il telefono che ha subito risposto: « Ok, non ci sono problemi ». Come è veloce a rispondere quando si tratta di non vederti. Se invece c'è una cosa carina tace.

9 giugno

Dopo una settimana lunga una vita, ci siamo rivisti.

Ti ho portato a vedere Explora, un laboratorio ricco di curiosità per un bambino vivace e attento come te.

Ti sei divertito tantissimo e hai pure dato una testata mentre saltavi sul tappeto. Ghiaccio. Livido. Niente di grave, per fortuna.

13 giugno

La scuola è finita, l'asilo chiude i battenti. Visto che mi sono perso la festa di fine anno (ero a Torino a seguire il congresso del principale partito di opposizione), propongo ad alcuni genitori di uscire per una pizza con i bambini.

Con mia grande sorpresa, l'iniziativa ha successo: ben sei bambini su venti, con i rispettivi genitori, aderiscono. Ho messo insieme un bel gruppetto.

Le piccole pesti si sono divertite ed è stata proprio una bella serata.

Caterina però è rimasta seduta a tavola ben poco: ha passato il tempo ad aiutare i bambini a tagliare le pizze e a rincorrere quelli che si allontanavano dal tavolo (praticamente uno ogni minuto...). Alla fine li ha accompagnati a scegliere il gelato vicino al bancone.

Quando finalmente è riuscita a sedersi davanti alla sua pizza ormai fredda, mi sono avvicinato a lei e abbiamo scambiato due parole.

« Complimenti per l'inchiesta, Leo. L'ho letta, mi ha molto colpito. »

« Grazie... Lo sai che da quando è uscita ho ricevuto un sacco di inviti: trasmissioni radiofoniche, dibattiti, presentazioni di libri. Ti confesso che... che non immaginavo di suscitare tanto interesse. »

« Cerca di non fare l'orso come tuo solito e vedi di accettare quegli inviti, eh? »

« Il fatto è che non credo di esser pronto a parlare in pubblico di queste cose senza che mi si spezzi la voce... »

14 giugno

Oggi ti ho portato alla piscina del dopolavoro dove mi portava mio papà. Tuo nonno.

Strano vederti nella piscina dove sguazzavo da piccolo. Mi hai chiamato e non ho resistito. Abbiamo giocato a lungo nonostante l'acqua fosse freddissima. E ancora una volta mi sono sorpreso a ripetere le stesse cose che diceva mio padre: « Esci che l'acqua è fredda, hai tutti i polpastrelli raggrinziti ».

28 giugno

Devo correre a Firenze per un servizio imprevisto.

Pare che un importante esponente del partito di maggioranza voglia dare il suo addio alla politica. Il discorso si terrà alle tre del pomeriggio nel corso dell'inaugurazione della nuova ala di un museo.

Il treno mi inghiotte alla stazione Termini per risputarmi in quella di Santa Maria Novella, meno di due ore dopo.

La mia destinazione è San Frediano. Dieci minuti a piedi. Una bomboniera di due camere pronta ad accogliermi. Chiudo la porta dietro di me. Entro in un altro mondo. Per questo devo ringraziare un amico, il proprietario della casa. Quando sono di passaggio in città – spesso per lavoro, più raramente per svago – ne approfitto.

Una tana dove scrivere i miei pezzi e dormire. Una tana dalla quale uscire per ficcarmi nelle trattorie del centro storico.

Il tempo di mollare i bagagli e dare uno sguardo ai titoli del telegiornale e scendo. È l'una e mezzo.

Giro l'angolo e sono subito davanti al Brindellone, la trattoria dove ho dato appuntamento a Caterina. Sapevo che sarebbe stata a Firenze per il matrimonio di un'amica. Dal treno l'ho chiamata per invitarla a pranzo.

« Eccoti qui! Come va? Pronta per la cerimonia? »

« No, non ne ho per niente voglia... »

Un attimo di silenzio. Il fatto di trovarci qui, seduti a tavola insieme, lontano da Roma e dai bambini crea un leggero e per me piacevole imbarazzo.

Mi domando perché, ma abbandono subito il pensiero. Non è il caso di farsi queste domande ora.

Con un sorriso, Caterina accende i suoi occhi verdi.

La trattoria è accogliente. Ha l'atmosfera dei posti autentici.

Appesi alle pareti, gli stendardi dei quattro quartieri: Santo Spirito, San Giovanni, Santa Maria Novella e Santa Croce. Foto sbiadite di antiche partite di calcio in costume. Tavoli di legno. Sedie di paglia. Tovagliette di carta da salumiere. La bottiglia del mezzo litro di rosso della casa.

Il menu è scritto a mano su un semplice foglio di carta. Scelgo un secondo: il peposo, spezzatino al pomodoro carico al punto giusto di pepe. Caterina sceglie i fusilli salsiccia e birra. Dopo un attimo, i piatti fumanti sono davanti a noi.

« Posso assaggiare il tuo spezzatino? » mi fa con aria complice.

« Certo, ma non esagerare che stasera ti aspetta il banchetto di nozze! » scherzo di rimando.

Mi piacciono le donne che amano la tavola e accetto con piacere l'invasione di campo.

Mi ricorda quando da piccolo, in campagna, i miei zii mangiavano la pasta condividendo lo stesso grande piatto al centro della tavola.

Una volta tanto non parliamo dei bambini. Parliamo del più e del meno, di politica, delle città che abbiamo visto e di quelle che vorremmo visitare, ma anche dei nostri sogni.

Sono rilassato, l'imbarazzo iniziale è svanito.

Il suo sorriso illumina tutto. Il vocio che proviene dagli altri tavoli sembra essersi spento.

Nel momento esatto in cui ammetto con me stesso che ho voglia di sfiorarle la mano, di stringergliela o di darle una carezza, di azzerare la distanza fra noi, arriva il cameriere con i caffè.

Chiedo subito il conto, sono le due e mezzo e devo andare. Usciamo in silenzio.

Mentre passeggiamo di fronte a San Frediano, mi torna l'imbarazzo di prima.

Nel frattempo ha iniziato a piovere. Il cornicione dei palazzi aiuta ma non basta. Siamo senza ombrelli. Il museo è a pochi passi da qui, chiamo un taxi per Caterina.

La macchina arriva dopo pochi minuti. Ci salutiamo prima con un abbraccio, poi con uno sguardo lunghissimo.

Dopo mesi, dopo anni, torno a sentirmi vivo.

1° luglio

Si parte per le vacanze.

Arrivo alle dieci sotto casa, con l'auto carica di bagagli.

Ma ancora non posso prenderti, perché mi si chiede di tornare un'ora dopo.

Partiremo con quarantadue gradi. Destinazione Ortona. Un affresco dell'Italia anni Sessanta. Al Lido Riccio, almeno, questa è l'atmosfera che si respira. Tavolo da ping-pong. Calciobalilla. Manca solo il jukebox con Alan Sorrenti e Patty Pravo e poi il quadro è completo.

12 luglio

Ritorno da Ortona.

Giorni spensierati. Tra il mare e Pescara, piazza Salotto. Impossibile perdersi a Pescara. Tutto è a misura d'uomo. In bici, nell'arco di cinque minuti sei ovunque. In particolare a mangiare il maritozzo con la panna dalla Bresciana.

E tu sempre con il naso bianco di panna. E poi Ortona. Le lunghe spiagge del Lido Riccio. Il proprietario dello stabilimento, prima che partissimo, ha organizzato una cena in riva al mare. Con tanti bambini a fare il girotondo davanti a un falò.

Ci siamo beati di arrosticini e canzoni di Lucio Battisti.

Ciliegina finale: il bagno di notte. Che non avevi mai fatto e, confesso, neanch'io.

Il rientro è stato meno doloroso del solito. È difficile separarsi dopo tutti questi giorni passati insieme. Ma sono stati bellissimi e non voglio rovinarli con il rimpianto.

13 luglio

Sono giorni che non sento Caterina. Dopo Firenze, non ci siamo più visti. I contatti si sono limitati a un paio di messaggi per questioni che riguardavano i bambini.

La scuola è finita da un pezzo e le occasioni di incontrarsi si sono ridotte.

Poco prima di cena provo a telefonarle ma non risponde.

Niente di male, mi richiamerà.

14 luglio

Non vedo l'ora di vederti, Matteo. Conto le ore. I minuti. I secondi. Guardo e riguardo l'orologio come quando doveva scattare la campanella della ricreazione.

Chissà perché si dice « non vedo l'ora » se poi si sta sempre lì a controllare l'orologio. Anzi l'*orogiollo* come dici tu.

15 luglio

Il silenzio di Caterina mi preoccupa.

Sì, è vero, forse, come dice lei, sono troppo apprensivo, ma ho provato a telefonarle anche ieri mattina e stavolta il telefono era staccato.

Perché non mi richiama?

Sarà successo qualcosa?

Se la sarà presa per qualche motivo?

No... non è da lei.

Ed ecco affacciarsi il dubbio che il suo silenzio possa avere a che fare col nostro incontro a Firenze.

Come un detective consumato, passo in rassegna quell'ora trascorsa insieme, le cose che ho detto e quelle che ho tenuto per me.

E questa ricerca ha su di me effetti tutt'altro che rassicuranti.

16 luglio

Caterina finalmente si fa viva con una telefonata.

Mi racconta che due giorni fa Luca è caduto e si è fatto male.

Mi dice di essersi spaventata a morte, ma subito aggiunge che per fortuna non è stato nulla di grave.

Mi lascio cadere sul divano, col forte desiderio di un bicchier d'acqua.

Il mio pensiero va a Matteo. Mi chiedo dove sia in questo momento e spero che non gli stia succedendo niente di brutto.

È andata così. Luca e Caterina erano alla piscina comunale dietro casa.

Luca era appena uscito dall'acqua quando è scivolato andando a sbattere la testa sul bordo della vasca. Si è rialzato subito barcollando, col sangue che usciva copiosamente dalla testa e dal naso, e ha vomitato.

I bagnini hanno chiamato immediatamente l'ambulanza che ha portato lui e Caterina al pronto soccorso.

Luca se l'è cavata con otto punti sulla tempia,

dopo essere stato ricoverato quarantotto ore per accertamenti.

Caterina è rimasta lì ad assisterlo ininterrottamente, senza chiamare nessuno a parte i suoi genitori.

Mentre racconta, non so perché ma ci rimango molto male. Mi dispiace che non abbia pensato di chiamarmi, se l'avesse fatto mi sarei sicuramente precipitato ad aiutarla.

22 luglio

Non riesco a prendere sonno. Ma devo. Tra poco ci vedremo e ci aspetta un lungo viaggio. Si parte per la Liguria con le tue amichette, Gemma e Sonia.

A tra poco.

29 luglio

Scappiamo!

A Carsoli non hai fatto altro che ripetere: « Scappiamo ».

Correvi per i giardinetti come un furetto, senza stancarti mai. Correvi con la gioia che solo un bambino può avere.

Mi saltavi in braccio e poi dopo un momento ripartivi.

Io e Lorella, dietro, a rincorrerti per paura che ti sbucciassi un ginocchio. Come poi è successo.

Giornata intensa. Doccia. La paura del sapone che ti brucia gli occhi. Alle nove di sera, ti avvinghi a me come un panda, dici: «*Bracciopapà*», e io mi sciolgo. Tutti i buoni propositi di metterti nel tuo lettino e il manualetto *Fate la nanna* vanno a farsi benedire.

Come sempre, ti guardo mentre dormi. Seguo il ritmo del tuo respiro. Profondo. Ogni tanto muovi la mano destra, stretta a pugno. La testa sul cuscino. Sorridi anche nel sonno.

Penso a tutto quello che è successo e che sta succedendo. Non era quello che desideravo per noi, certo, ma ogni volta che sorridi, mi dai tanta forza. Sarà sempre così?

30 luglio

Finalmente ti sei messo a mangiare di gusto. Non c'è niente da fare. In questo, Carsoli e la sua aria frizzante non lasciano scampo.

E io sempre lì. Pronto a imboccarti. Ma ormai sei grande, sai benissimo fare da solo.

Non ho voluto una tata per te. Non voglio delegare ad altri il piacere di esserti vicino e vederti crescere.

Certo, ora sei piccolo. È faticoso seguirti ventiquattro ore non stop. Ma a me va bene così.

Domani dovremo salutarci, mi sveglierò un attimo prima di te. Voglio essere la prima cosa che i tuoi occhi vedranno.

Voglio lasciarti ben impresso il ricordo del mio volto. Per i giorni a venire, quando non ci vedremo. Alla tua età ventun giorni sono una vita. Non voglio che mi dimentichi.

28 agosto

Sono arrivato in anticipo.

Citofono. Ogni volta che mi trovo davanti a questo citofono, sono in tensione. Temo sempre qualche brutta novità. Tra poco saremo di nuovo insieme.

Alle 11.35. Mai un minuto prima. Semmai un minuto dopo.

Si parte subito per Carsoli, dove c'è il nonno che ti aspetta.

Prima passiamo a prendere Caterina e Luca, appena tornati da una lunga vacanza al mare. Eh, sì, oggi a Carsoli avremo ospiti.

In auto metto tutte le tue canzoni. Lucio Battisti si mescola a *Obabaluba*.

Voi bambini, accomodati sui vostri seggiolini posteriori, sembrate gradire molto. Caterina un po' meno.

Bei tempi quando c'erano le sigle in televisione. Hanno scandito tutta la mia infanzia e la mia adolescenza. Riflessi condizionati con i fumetti in tv di *Gulp!*

E la lotta con mio padre perché sul secondo c'era Mike Bongiorno e il *Rischiatutto*. Tempi in cui c'era in casa un solo televisore. Due canali. E il trasformatore. Prima accendevi il trasformatore, poi dopo cinque minuti la televisione. Per veder emergere qualcosa dallo schermo grigio e stondato c'era da attendere altri due o tre minuti.

Tutto era più lento. E magico. Maga Maghella con la Carrà. Johnny Bassotto con Lino Toffolo. *Obabaluba* e Daniela Goggi.

Memorie di una tv innocente. Dove l'unica cosa che faceva male – ma sarà poi così? – era il puntino bianco che si formava al centro dello schermo quando si spegneva l'apparecchio.

Dopo pranzo, prima di riaccompagnare gli ospiti in città, ci concediamo un po' di relax sulle sdraio in giardino.

Appena restiamo da soli, chiedo a Caterina di giurarmi che se dovesse succedere ancora qualcosa a Luca mi chiamerà. A qualunque ora del giorno e della notte.

«È tutto passato» risponde lei. «Comunque, grazie.»

«Sul serio, non devi pensare che io possa...»

«Sssst, zitto... Ascolta le cicale... a quest'ora invitano al riposo, soprattutto del cervello.»

29 agosto

Torello scatenato.

Oggi ai giardinetti hai regalato dieci anni di vita al nonno. Non ti sei fermato un istante. La tua carica lo ha rigenerato. Tre generazioni insieme. Peccato non ci sia mia mamma. Sarebbe stata felicissima. Sì, manca sempre qualche cosa per arrivare al massimo, ma oggi io avuto tantissimo.

Per la prima volta hai fatto tutto il percorso dello scivolo. Ti sei agganciato alla corda tirandoti su da solo. Idem con la scala a pioli.

Tra qualche anno, questi giochi ti andranno stretti. E guarderai con compassione gli altri bambini che, secondo te, perderanno tempo.

Ho il fiato sospeso mentre piroetti tra i giochi come una trottola. Con gli occhi carichi di gioia. Ho scattato una foto meravigliosa con il telefonino. Tu sullo scivolo. Guardi il nonno negli occhi. Sorridi e lui con te. E i suoi muscoli di ottantenne che ancora guizzano.

La foto è davvero magnifica. La manderò a Caterina.

20 settembre

Mi rendo conto, rileggendo i nostri diari, che insieme abbiamo fatto molta strada.

E ancora tanta dovremo farne... Sono due anni di questa nuova vita.

Ci saranno altri momenti difficili, altre privazioni che forse aiuteranno a crescere.

Se penso ai primi mesi dopo la separazione vedo un buio fitto senza un barlume di speranza. Oggi mi sento più forte. Non mollerò. Non è nel mio Dna. E ho tante ragioni per non fermarmi, la più importante delle quali sei tu.

8 dicembre

Caro Matteo,

non ti scrivevo da tantissimo tempo. Oggi sono felice perché questo Natale lo passeremo insieme. Dopo anni trascorsi a detestarlo, ora non faccio altro che sfogliare il calendario nell'attesa che arrivi.

Io e te insieme. Con i nostri piccoli riti.

La casa cambia pelle. Colore. Atmosfera. Le finestre si popolano di decalcomanie di renne, pupazzi e cristalli di neve. Un filo di luci intermittenti fa il rampicante tra le piante del balcone.

Anche la cucina concorda nel dire che è Natale. L'annuncio è affidato alle tazze rosse con i fiocchi di neve. E lo stereo abbandona temporaneamente Battisti, i Queen e gli Abba per intonare *Jingle Bells* o dare spazio a Bing Crosby o Dean Martin.

Odore di mandarino, noci e datteri sul tavolo del soggiorno.

Ci divertiamo a comporre presepe e albero. Il primo nella libreria. Il secondo vicino alla finestra.

L'albero è alto un metro e settanta. Un filo esagerato per la nostra casa. È rassicurante, oltre che bello, fare l'albero insieme. Vuol dire che stiamo insieme. Che stiamo bene. Cose che solitamente si danno per scontate.

« Dai, papà, facciamo l'albero. » Ci sono padri che non hanno neanche una casa dove farlo.

Per l'albero seguo sempre lo stesso metodico rituale. Prima i rami. Poi le luci. Infine le decorazioni. Dallo scatolone rosso esce di tutto. Stelle filanti e mille palle di Natale. Ce ne sono a forma di casetta, Babbo Natale, pupazzo di neve, pigna, trenino, automobile. Trasparenti con il paesaggio dentro. Tutte rigorosamente di vetro soffiato. Scelte una per una. Posizionate con cura. Le piccoline in alto. A scendere quelle più grandi. Facendo attenzione a non mettere quelle simili troppo vicine. Solo alla fine, ecco sua maestà il puntale. Argenteo e slanciato. Per ultimi, i nastri. A loro il compito di fasciare di blu, rosso e argento l'albero vestito a festa. Tra i decori dell'albero spiccano le palle con le date che faccio fare ogni anno a piazza Navona.

Rossa, per quando passiamo il Natale insieme. Verde, invece, per il Capodanno. Chissà se a casa tua e di tua madre hai ancora quella dell'ultimo Natale passato insieme. La porporina della scritta ormai avrà perso la sua lucentezza.

Eccoci qui. Gli scatoloni tirati giù dal soppalco.

Con il solito velo di polvere. E le scatolette dei personaggi del presepe.

Non riesci mai a rimettere bene le statuine nella loro scatola. Sembra quasi vogliano rimanere in servizio permanente, tutto l'anno.

Da quando ci sei tu, Matteo, amo molto di più il Natale nei suoi simboli e nelle sue tradizioni.

Ogni anno abbiamo i nostri piccoli appuntamenti. La giostra di piazza Navona. Luci, cavalli e carrozze. Un fagotto di sciarpa, cappello e guanti. Un pupazzo di peluche, praticamente, da sorreggere con una mano mentre con l'altra si scatta l'ennesima fotografia. Staffa, briglia e via. Verso la felicità. Con le luci di Natale che si specchiano nei tuoi occhi. Le luci della felicità. Della spensieratezza. E un pizzico di malinconia per me e per il tempo che passa. Senza fare sconti.

Quando sali sulla giostra, mi diverto a cambiare posto, così quando mi ritrovi, dopo avermi cercato fra la gente, mi regali un bellissimo sorriso.

Vicino al bancone delle palle decorate c'è il nostro personale Mangiafuoco. Lui ha tutti i burattini possibili e immaginabili. L'Uomo Ragno vicino a Pulcinella. Batman e Braccio di Ferro. Ogni anno, la nostra collezione aumenta. Ti prendo lo zucchero filato. Due euro per scomparire dietro a una nuvola bianca. E riemergere con appiccicosi baffi bianchi.

Al tiro a segno ti aiuto a far collimare il mirino. Un piccolo aiuto... e... pam! Siamo pronti a ospitare l'ennesimo peluche.

SpongeBob dovrà farsi largo tra Wile Coyote, Beep Beep e l'orsacchiotto Teddy, comprato proprio qui.

Il cielo di Roma, intanto, si infiamma di tramonto. Anche se la temperatura scende, tutto quello che stiamo condividendo mi scalda il cuore.

Mi sento pieno di energie e, mi sembra strano anche solo scriverlo, ottimista.

Il Natale sta per arrivare. E con lui, incredibile ma vero, la sua magia. Riscopro il mondo nei tuoi occhi di bambino. Ti voglio bene, piccolo mio.

3 gennaio

Vacanze. Fuga da Roma con sorpresa.

Da quando sono diventato padre, la cosa più bella è organizzarti delle sorprese.

Fare muro di gomma alle tue domande e poi vedere quella gioia che nasce dentro di te, esplode nei tuoi occhi, regalandoti un'espressione di sorpresa mista a euforia.

Il regalo più bello che un genitore possa ricevere. Stavolta la sorpresa si chiama Parigi e soprattutto Disneyland.

Navigando in Internet ho trovato un'offerta di quelle che non si possono rifiutare. E adesso siamo pronti per partire. Giuro che fino all'ultimo non ci speravo, perché il tuo passaporto ce l'ha tua madre.

Non ti ho detto nulla fino all'ultimo.

Ho fatto il vago. La notte prima di partire non ho dormito. Avevo già preparato una vacanza alternativa. Tu non avresti mai saputo nulla. Il mio fegato e il mio avvocato sì.

Quando sei sceso da casa tua, ho controllato subito, con il cuore in gola, se avevi quel libretto bordeaux. E così era.

Gli occhi ti brillano. « Papà, vero che andiamo a Parigi? Lì c'è Disneyland, vero? »

Dovevo immaginarlo che tua madre non mi avrebbe concesso l'onore della sorpresa. Faccio il vago. Prendo tempo mentre stringo il passaporto. Il rosso bordeaux che dà il verde alla nostra felicità.

Ringrazio Dio, stavolta non distratto da altri pensieri, e via. Un trolley a testa e tre giorni da vivere nel mondo delle favole. Non ho molta dimestichezza con il francese. Mi sento come Totò e Peppino a Milano.

All'imbarco per Parigi, cedo. « Andiamo a Disneyland » annuncio con solennità. Inizi a saltellare. Mi abbracci. Mi baci.

« Grazie, papino, grazie, papino. » Non la finisci più di ringraziarmi.

Nessuna fotografia potrebbe fermare questo momento. Il cuore sì.

Aeroporto Charles de Gaulle. Viaggio spessissimo in aereo per lavoro, ma ora, qui con te, mi sembra di entrare in un aeroporto per la prima volta. È assurdo, ma ho quasi paura di perdermi.

Ma le indicazioni non lasciano spazio a errori. Saliamo sul pullman per andare nella tua Disneyland. Senza essere Reed Richards dei Fantastici 4, allungo il braccio e parto con l'autoscatto. *Clic*, aeroporto. *Clic*, pullman. *Clic*, noi. Strada facendo, mappa del parco alla mano, iniziamo a fantasticare sulle attrazioni che visiteremo.

Il cielo non promette niente di buono. Spero in un pizzico di fortuna e in un ipotetico santo protettore dei padri separati. Intanto che ci avviciniamo, sei sempre più impaziente. E io con te.

4 gennaio

Ci siamo. Tre estenuanti tappe negli alberghi a tema, e poi, alla fine, il nostro. L'albergo profuma di fantasia e di spensieratezza. Al check-in le prime gradite sorprese. Ti vengono a salutare Pluto e Topolino. Non stai più nella pelle. Il tempo di mollare i bagagli in camera e la nostra avventura ha inizio. Anche per me, cresciuto a pane e Topolino, c'è magia.

Biglietti alla mano e con il mio francese stentato, entriamo nel parco. Il castello della Disney come nel film.

Torno bambino anch'io. Una strana sensazione di euforia nell'aria. Sei senza fiato. Con lo sguardo frughi ovunque. La fantasia che diventa realtà. Nella piazzetta del regno delle meraviglie, la banda intona *Fanfare for the common man* di Emerson, Lake

& Palmer. Buffo ma bello. Uno dei capolavori rock di sempre suonato dalla banda. La banda mette allegria.

Per mia fortuna sei ipnotizzato da tutto quello che ti circonda. Altrimenti, sarebbe difficile giustificare le mie lacrime che scorrono liberamente. Che il sogno abbia inizio. Subito salta la scaletta preparata dei giri delle attrazioni. Sembriamo due palline di flipper. Rimbalziamo da un'attrazione all'altra. Alla fine, decidi che è giusto iniziare con Peter Pan. *The boy who never wants to grow up.*

« Papà, che bello se rinasciamo insieme. Sai quante ne facciamo! » mi dici mentre siamo in fila. Bello, ma impossibile. Molto più modestamente mi accontenterei di poterti accompagnare a scuola tutti i giorni.

La fila dell'attrazione diventa un momento per parlare. Di noi, di quello che proviamo. Della nostra complicità. Ti tengo la mano sulle spalle, mentre mi abbracci. Il cuore ti batte forte per il sogno che stai vivendo. Ricorda, Matteo. Ricorda. Vivi questo momento nella sua pienezza. Adesso siamo io e te. Adesso stiamo ridendo. Adesso ci stiamo divertendo.

Peter Pan è un piroettare nel buio tra i vari momenti della sua storia. Meraviglioso! Mi viene da dire che è tutto vero, come nella favola.

Non fai altro che dirmi: « Guarda, papà » con voce sognante. Ora Capitan Uncino, ora Spugna o il coccodrillo. All'uscita, il tuo « Lo rifacciamo, papà? » mi ripaga di tutte le amarezze di questi anni. Ci tuffiamo tra hot dog, file, schizzi d'acqua, montagne russe. La giornata sembra non finire mai.

Torniamo in albergo. Il tempo di prenderti in braccio mentre andiamo in camera e dal mondo delle favole a quello dei sogni il passaggio è pressoché istantaneo. Farfugli qualcosa mentre ti spoglio e ti rimbocco le coperte. Sogna, piccolo mio. Vola sulle ali della fantasia. Hai il diritto di essere felice. E io il dovere di far sì che accada. La notte vola. Tu ti svegli prima di me.

« Vero che siamo a Disneyland, papà? » quasi come se avessi paura che quello vissuto il giorno prima fosse solo un sogno. La sarabanda sta per ricominciare.

Star Wars, viaggio stellare. Nemo, montagne russe. Alice nel Paese delle Meraviglie, labirinto. Toy Story, villaggio western. Nel pomeriggio, approfitto per riposare un attimo, nel buio della sala cinematografica dove proiettano vecchi cartoni di Walt Disney. Prima di chiudere gli occhi solo per pochi minuti, scrivo a Caterina e le racconto la nostra giornata.

Le lancette dell'orologio avanzano inesorabilmente. I tre giorni si dissolvono in un soffio. È tempo di tornare. Non prima di averti fatto visitare la Torre Eiffel, nel cuore di Parigi. Autobus, trolley al seguito, metrò. Linea 6. Fermata Bir-Hakeim. La tua prima metropolitana.

Ed eccoci qui. Sotto il pilone est. Fila chilometrica. Sono le dieci del mattino. L'aereo è alle tre del pomeriggio. Ce la dobbiamo fare. Il gigante d'acciaio calamita il tuo sguardo. Naso all'insù, mi tempesti di domande. Passo dopo passo, arriviamo agli ascensori. Pronti a salire, per fare il solletico alle nuvole. In alto, il vento si diverte con sciarpe e cappelli. Imbizzarrite le prime. Volanti i secondi. Per te tutto ha il sapore della novità. Della scoperta. Dell'avventura.

La discesa con l'ascensore, quasi sospesi nel vuoto, mi fa girare la testa. Avevo dimenticato quanto soffrissi di vertigini. Chiudo gli occhi. La sensazione di svenire si allontana. Primo piano. Ci concediamo un hamburger con patatine al ristorante. Rifletto. Punti di vista. Per te, vacanza. Per me, favola.

Mi sento in pace con il mondo. Da quando siamo a Parigi, mi capita di pensare spesso a Caterina, a come sarebbe bello se lei e Luca fossero qui.

Se oggi sono felice, se oggi Matteo ha un padre che, pur tra mille difficoltà, riesce a essere felice, lo devo anche a lei.

Le tue parole mi distolgono da questi pensieri. « Due anni, due mesi e cinque giorni. » Ripeti, quasi come un ritornello, il tempo impiegato per innalzare i 324 metri della Torre Eiffel. La cosa ti ha particolarmente impressionato.

Prima il metrò poi il treno ed ecco materializzarsi l'aeroporto.

Guardo l'orologio, il vecchio IWC di mio padre,

un Aquatimer. Non sgarra di un minuto. Siamo perfettamente nei tempi.

L'imbarco è tra un'ora. Scrivo a Caterina: «Alle 17.30 atterriamo a Fiumicino. Ho un regalino per te».

Ne approfittiamo per fare un giro tra i negozi del Charles de Gaulle. Dopo l'esplorazione, le foto. Quando ero piccolo, non si poteva rivederle subito. Si dovevano sviluppare e stampare. E non era detto che venissero tutte bene. C'erano quelle mosse. Quelle bruciate. Mio padre, grande appassionato, sembrava un alchimista. Parlava di esposizione, tempi, luce, inquadratura.

Le rivediamo tutte. I carri della parata. Le tue facce nel buio delle montagne russe. Tu e Paperino. Tu e Pluto. L'azzurro del tuo berretto che si confonde con il blu di Francia. Sono foto, queste, che raccontano molto. Ma non restituiscono appieno il senso di quello che abbiamo vissuto e che conserverò per sempre e gelosamente nel mio cuore.

Mi arriva la risposta di Caterina: «Vengo a prendervi all'aeroporto».

Siamo in volo e tu stai dormendo, la testa appoggiata alla mia spalla. Stasera ti riporto da tua madre, e penso a quante cose belle avrai da raccontarle. Vorrei tanto vedere il tuo faccino mentre le dai il regalo che hai scelto per lei, una t-shirt gialla con l'immagine di Biancaneve (se non ricordo male il giallo è un colore che lei detesta, chissà la faccia che farà!).

Torniamo alla nostra vita, Patato.

Mentre dal finestrino osservo la spuma bianca delle nuvole sotto di noi, penso che sono felice di rientrare a Roma. Ho tanti progetti, tante cose da fare.

Lunedì prossimo ho un appuntamento con l'assessore alle politiche sociali per parlare degli ultimi dettagli sull'apertura della Casa per i padri separati. Voglio convincere Gianni a venire con me.

A casa il frigorifero è vuoto, prima di rientrare devo fare la spesa: mercoledì voglio portarti al cinema insieme al nonno, poi si torna a casa e si mangia tutti e tre insieme.

Fra quaranta minuti si atterra.

Ancora pochi minuti e attraverseremo la spuma bianca.

C'è Caterina che mi sta aspettando.

Mi sento come un pugile al tappeto. Un inaspettato arcobaleno squarcia le nuvole in cui Carsoli è immersa. Le lacrime si sostituiscono alla pioggia. La carta le accoglie senza fare domande. Mescolandosi all'inchiostro, sciolgono le parole. Ma non sciolgono il dolore, vecchia conoscenza, a cui oggi si unisce la rabbia per tutto quello che ho perso.

Vorrei urlare.

Come in un incubo dalla mia bocca non esce nulla.

Ecco svelato il contenuto di questi diari.

Sono la mia storia.

Indissolubilmente legata a quella di mio padre.

Una memoria da sfogliare in un mondo dove i bit hanno reso tutto volatile, impalpabile.

Stringo al cuore il suo diario dondolandomi, come se ascoltassi la nenia di uno sciamano.

Una morsa mi stringe il cuore.

Il pensiero va a Stefania. Se le cose fra noi non andassero bene, sarebbe capace di negarmi mio figlio?

Creerebbe ostacoli?

Sarei in grado di poter vivere senza di lui?

Penso a mio padre. Penso a quei trentasei giorni passati senza di me.

Penso a tutto quello che ha mandato giù. In silenzio.

Penso ai genitori dei miei amici che a scuola lo ignoravano.

Che non lo salutavano.

Che lo guardavano con sospetto.

Penso a quanto si sia dato da fare.

Penso che sia bello avere un padre come lui, che ha lottato per affrontare e superare il dolore.

Che ha lottato per cambiare e migliorare.

Penso a Luca e alla nostra lunga amicizia.

Quella caduta in piscina l'avrò sentita raccontare un milione di volte.

Penso alla contagiosa vitalità di Caterina, che ha saputo indicare a mio padre la via.

Ora, tutto è chiaro. Capisco il perché di tanti silenzi.

Il mio risentimento evapora.

Capisco che ha fatto di tutto per recuperare il tempo con me che gli è stato sottratto.

Sono sconvolto ma mi sento sollevato. Leggero, quasi.

Come quando da piccolo facevo un brutto sogno, cadevo dal letto e lui correva subito a prendermi in braccio per cullarmi.

Vorrei corrergli incontro e farmi sollevare in aria come quando ero bambino. Vorrei abbracciarlo forte.

Dirgli che so come sono andate davvero le cose.

E che ho imparato moltissimo da lui.

Lo squillo del telefonino mi riporta alla realtà. Sul display appare il numero della mamma.

Non me la sento di parlarle. In questo momento non mi sento pronto.

Ho paura di dire cose sbagliate.

Ho bisogno di metabolizzare quello che ho letto.

Il mio cuore è in mezzo, diviso a metà.

Non ho mai avuto una famiglia unita, una famiglia « normale », ma sono stato molto amato. Ora lo so, ne sono certo.

Il telefono può continuare a squillare, con la sua suoneria imperiosa, io non risponderò. Non ora.

Penso al figlio che sto per avere, penso che sto per diventare papà.

È la cosa più bella che mi potesse capitare. E la mia sarà tutta un'altra storia.

Nota dell'autore

Questo romanzo è frutto della mia fantasia. Qualsiasi riferimento specifico a fatti realmente accaduti o a persone realmente esistenti è del tutto casuale.

La mia vicenda personale, e la mia separazione, sono state solo uno stimolo a scrivere una storia che non è la mia storia ma un concentrato delle storie dolorose dei tanti padri che ho conosciuto in questi anni.

Non ha importanza se questi padri sono stati messi alla porta e spesso sul lastrico da mogli cattivissime o da mogli che per qualche giusto motivo semplicemente non ne potevano più. Quel che conta è che una volta separati questi padri non sono più potuti stare vicino ai loro figli. E questo, a chiunque abbia la fortuna e la gioia di essere chiamato « papà », non dovrebbe mai capitare.

* * *

Nei primi anni Novanta, quando ero in forze al Tg4, mi è capitato di lanciare un servizio da Londra su alcuni padri separati che protestavano, vestiti da Batman, sui cornicioni di Buckingham Palace. A telecamera spenta, mentre andava in onda il servizio, sorridevo e bollavo sbrigativamente questi episodi come pittoreschi. Ma mi sbagliavo di grosso.

Lo avrei capito quindici anni dopo, nella mia inaspettata condizione di padre separato. Quegli uomini vestiti da Batman non erano per nulla pittoreschi.

Quando mi sono sposato, la parola divorzio, per formazione culturale ed esempio familiare, non faceva parte del mio vocabolario.

Pensavo che il mio matrimonio sarebbe durato per sempre. E invece mi sbagliavo. Anche se, come avrei capito dopo, quando hai un figlio non ti separi mai. A meno che tu voglia abdicare al tuo ruolo genitoriale. Ma non è il mio caso.

In Italia, sono molti i padri che come me vogliono poter fare i padri ma non riescono ad avere gli stessi diritti della madre.

Dal 2005 la mia vita è scandita dalle udienze in tribunale e da un rigido calendario dei giorni in cui posso vedere mio figlio.

Ho avuto quindi modo di conoscere il mondo della giustizia dall'interno (privilegio di cui ovviamente avrei fatto volentieri a meno).

Il ritratto a mio avviso è desolante. Troppo spesso, in aula, la realtà viene distorta a seconda della convenienza. Certi giudici, forse stanchi di tutte queste distorsioni, spesso non riescono ad andare in fondo alla verità. A volte sembra, a chi è parte, che non ascoltino, che non leggano nemmeno le carte giudiziarie. Eppure, proprio in quelle carte ci sono sentimenti, emozioni, ferite. C'è il destino dei figli. E il fallimento di una famiglia non può essere assimilato al fallimento di un'azienda.

Da un certo momento in poi, il mio divorzio è diventato un gorgo di cavilli, procedure e interpretazioni. Si è perso ogni buonsenso. Sono stato a un passo dall'essere stritolato. E mio figlio ha corso lo stesso rischio.

* * *

Nel 2006 è entrata in vigore la legge sull'affidamento condiviso, frutto di una lunga limatura e di molti compromessi. La legge riconosce il diritto del minore alla bigenitorialità. Una legge innovativa, ma che quasi sempre viene interpretata in senso restrittivo contro i padri. Insomma, la legge viene applicata, ma solo formalmente.

La legge parla di rapporto equilibrato e continuativo del minore con entrambi i genitori. Eppure molti giudici concedono al padre che vuole fare il padre un mercoledì a settimana e fine settimana alterni. Quota mensile totale: otto giorni al padre e ventitré alla madre.

La legge parla espressamente di assenza di genitore prevalente.

Eppure nove volte su dieci i giudici affidano i figli alla madre anche quando un padre ne fa esplicita richiesta. Sulla falsariga del precedente regime di affidamento, i giudici hanno addirittura inventato la figura del genitore collocatario. Tanto che in alcuni tribunali sono a disposizione prestampati con la dicitura « genitore collocatario » (fonte Adiantum).

Conseguentemente, la casa, spesso acquistata dal marito, magari con un mutuo, viene alienata nell'interesse esclusivo del minore. Costringendo così il padre a trovare, e non sempre è possibile, un tetto alternativo.

Siamo proprio sicuri che sia « interesse esclusivo del minore » avere un padre povero?

E che dire della demagogia per cui il padre deve assicurare il tenore di vita che la famiglia aveva durante il matrimonio?

La legge parla di mantenimento diretto del figlio.

Eppure molti giudici continuano a imporre il vecchio sistema, quello dell'assegno. Peraltro senza obbligo di rendicontazione. La legge non consente al padre il diritto di sapere come vengono spesi i soldi che versa per suo figlio.

Il padre, in sostanza, deve solo pagare.

Ovviamente ci sono anche quelli che non pagano, che non rispettano i provvedimenti del giudice, che all'improvviso diventano poveri e non possono versare nessun assegno. Se hanno un bravo commercialista, infatti, riescono a diventare improvvisamente poveri all'indomani della lettera dell'avvocato che annuncia il divorzio (cessione di quote immobiliari a titolo gratuito, società che passano di mano...)

Ma questo vale tanto per gli uomini quanto per le donne.

La corsa a ostacoli prosegue con quelle madri

collocatarie che per punire l'ex marito non rispettano il regime di visite imposto dal tribunale. A volte bastano inesistenti malattie con certificati stilati da qualche medico compiacente.

Uno squarcio di verità sulla legge è arrivato dall'ex presidente del tribunale di Roma, Alberto Bucci. Al collega Fabrizio Paladini di *Panorama*, Bucci ha dichiarato che « la normativa non è precisa e si presta a interpretazioni elastiche... però se lei mi chiede se i magistrati hanno pregiudizi in favore della madre, rispondo che la cultura della famiglia pone la madre al centro, accanto ai figli, e la giurisprudenza recepisce questa cultura ».

Portare alla luce il problema dei padri separati che vivono sotto la soglia di povertà o che si vedono deprivati del loro diritto di poter fare i padri non equivale a voler alimentare una guerra dei padri contro le madri. Serve semmai a denunciare la mancata applicazione della legge secondo lo spirito originario del legislatore: uno spirito che avrebbe dovuto garantire equamente entrambe le figure, quella del padre e quella della madre.

* * *

Giorno dopo giorno, forse per sopravvivere, ho lasciato che la mia vocazione giornalistica prendesse spazio in questa vicenda personale. Mi sono detto che il mio dolore non poteva né doveva essere fine a se stesso. E così ho deciso di vedere nella mia esperienza un'opportunità per cambiare le cose e mi sono messo nei panni di un inviato speciale nel mondo dei padri separati.

Il primo passo del viaggio l'ho fatto in radio. Su Radio Uno con *Lasciamoci così*, un programma che ospitava storie di separazioni. Una mia idea, sviluppata con Raffaele Marino e Vincenzo Galluzzo, che è stata subito accolta dal direttore Antonio Caprarica.

In qualche modo, sono inconsapevolmente diventato un punto di riferimento di una comunità, quella dei padri separati, di cui fino a qualche anno prima ignoravo l'esistenza e le dimensioni. Una galassia di associazioni nate sulla scorta di toccanti esperienze personali. Tra queste spicca, per serietà e peso politico, Adiantum.

Sin dalle mie prime ricerche e verifiche mi sono reso conto di trovarmi di fronte a una vera e propria emergenza sociale. Un'emergenza di cui fino a poco tempo prima nessuno parlava.

Nessuno diceva che sono moltissimi i padri separati che consumano pasti alle mense della Caritas.

Nessuno diceva che ci sono padri separati costretti a trasformare le automobili in unità abitative.

Nessuno diceva che ci sono madri che impediscono impunemente ai padri di vedere i propri figli.

Ho deciso allora che era il caso di provare a fare anche qualcosa di costruttivo.

Dalla mia trasmissione, in seguito a un dibattito

sul tema delle separazioni, ho lanciato un appello al neoassessore alle politiche sociali del Comune di Roma, Sveva Belviso. Ho chiesto che, a fronte di questa nuova emergenza sociale, si creassero delle strutture di accoglienza sulla falsariga di quelle già in funzione a Milano, Bolzano e Genova.

Pochi giorni dopo, mi ha telefonato Maurizio Costanzo. Maurizio è una persona di cuore e mi conosce da tempi non sospetti. Sa che padre sono e in tutti questi anni mi è stato vicino, ospitandomi nei suoi programmi e dando visibilità al problema. Costanzo mi ha messo subito in contatto con la Belviso. L'assessore, oggi vicesindaco di una città complessa come Roma, si è detta interessata. Due anni dopo, grazie al suo impegno è stata inaugurata la prima casa di accoglienza per padri separati: ventidue alloggi alla periferia est della capitale a 200 euro al mese di affitto. Una goccia in un mare di dolore.

Pochi mesi fa è entrata in funzione la seconda, all'Infernetto.

Nel settembre 2010 ho scritto a *Panorama* una lettera sulla mia condizione di padre separato.

Dopo la mia lettera, il direttore, Giorgio Mulé, ha deciso di fare un'inchiesta sul tema dedicandomi la copertina, e la notizia è stata anche ripresa da alcuni programmi televisivi come *Matrix* e *La vita in diretta*.

I Radicali Italiani mi hanno invitato a tenere una relazione a un loro congresso con la quale ho ottenuto un inaspettato gradimento. Qualche mese dopo, mi ha contattato Luca Barbareschi dicendomi che con la sua casa di produzione avrebbe voluto fare un film tv sul mondo dei separati.

Barbareschi in quel periodo faceva parte del neonato schieramento di Fli. Gli ho chiesto se era possibile dar voce al problema nel congresso della costituente a Bastia Umbra. E lui ha accettato la mia proposta, senza alcuna preclusione politica, pur sapendo che il mio voto non era andato alla loro area.

Con me a Bastia Umbra, come spalla psicologica e consigliere, c'era l'amico Jacopo Tozzi, che nei mesi successivi sarebbe diventato il mio avvocato.

Al termine del mio intervento il presidente della Camera Gianfranco Fini mi ha ringraziato manifestandomi il suo interesse per la causa.

Poco tempo dopo, Marco Pannella, padre spirituale dei radicali, mi ha proposto di fare il co-segretario per la lega sul divorzio breve. Carica ottimamente ricoperta da Diego Sabatinelli.

Gli stessi radicali mi hanno fornito i dati di Eurispes sulle separazioni in Italia che sono a dir poco agghiaccianti. La macchina delle separazioni costa a noi contribuenti 440 milioni di euro all'anno. Il giro d'affari per l'avvocatura è di cinque miliardi di euro. Per le consulenze psicologiche un miliardo di euro.

Un'emergenza, sempre secondo i dati Eurispes, che coinvolge quattro milioni di padri separati di cui tre milioni sotto la soglia di povertà.

C'è una qualche volonta politica di arginare questo mercato sulla pelle dei nostri figli?

Questa domanda sintetizza il mio discorso tenuto di recente alla Camera dei deputati, in una conferenza stampa che, organizzata da radicali e Adiantum, ha visto anche la presenza di esponenti della sinistra come Giovanna Melandri e Sandro Battisti.

Sono stato infine chiamato dalla senatrice Alessandra Gallone come relatore in Commissione giustizia del Senato.

Ora che il problema dei padri separati è diventato di dominio pubblico, è tempo di proposte.

È tempo che l'Italia si adegui al resto dell'Europa.

Che cancelli l'istituto della separazione e che introduca il divorzio breve.

Che istituisca i patti prematrimoniali.

Che modifichi la legge rendendola immune da interpretazioni.

Che si inaspriscano le pene per chi non rispetta i provvedimenti del giudice, fino ad arrivare all'arresto e alla revoca dei provvedimenti.

Che venga sempre concesso il mantenimento diretto, così come previsto dalla legge.

Che vengano radiati dall'albo gli avvocati che fabbricano ad arte strategie legali basate su false denunce.

Che si separino i ruoli dei consulenti tecnici nominati dal Giudice da quelli dei consulenti di parte.

Mi piace pensare al mondo in cui viviamo come al prato in cui si va a fare un pic nic.

Anche se trovi una cartaccia non tua, devi toglierla.

Quando te ne vai, devi lasciare tutto meglio di come lo hai trovato.

E allora guardo avanti. Al futuro. E mi domando che cittadini saranno i figli dell'affidamento condiviso che nega la figura paterna.

Che amplifica le liti.

Che crea ferite che non ci abbandoneranno mai.

Quale idea avranno della giustizia quei figli di separati che, nonostante un provvedimento, non vedono garantiti i loro diritti?

Una giustizia lenta, farraginosa e dunque perdente in partenza.

No, non potrà essere così. Bisogna che le cose cambino.

I padri separati, come le madri, hanno il diritto di poter giocare con i figli, accompagnarli a scuola, educarli.

I bambini hanno il diritto di crescere sia con la madre, sia con il padre.

Questo è il senso di tutto quello che ho fatto e che continuerò a fare.

In nome del figlio. E anche del padre.

Ringraziamenti

Grazie ai miei genitori, Flavio e Vincenza, per avermi trasmesso tenacia e onestà.

Ad Amedeo Pantanella, per aver squarciato il velo di finto perbenismo.

A Stefano Pieri per la strada indicata.

A Jacopo Tozzi per la sua lucida pacatezza.

A Gianfranco Comanducci per la sua sensibilità di padre.

A Michele Guardì e Giovanni Taglialavoro per aver fatto quadrato.

A Maurizio Costanzo per l'affetto.

Ad Antonio Ricci per aver risposto.

A Jimmy Ghione per esserci stato.

A Luigi Alessi per la sua saggezza.

A Fiorella Bracci, Tiziana Morara e Marina Pozzi per il semplice fatto di esistere.

A Sveva Belviso per aver dato concretezza alle idee.

Al presidente della Camera Gianfranco Fini.

Ad Alessandra Gallone.

A Marco Pannella e Rita Bernardini.

A Walter Veltroni.

A Benedetto Della Vedova.

A Flavia Perina.

A Luca Barbareschi.

A Piercamillo Falasca.

Ad Alberto Solia per le intuizioni.

A Sonia Giglietti senza se e senza ma.

Ad Antonello Venditti per quella telefonata.

A Bruno Vespa per la delicatezza.

A Giorgio Mulé per l'ospitalità.

A Riccardo Gentile per non aver sbagliato un libro.

Ad Alessandro Simeone.

Alla Longanesi tutta per averci creduto.

A Guglielmo per la vicinanza emotiva.

Ad Alessia per aver messo ordine e molto altro.

A Orvinio per avermi abbracciato senza fare domande.

Agli amici di Diano Marina, in particolare Angelo, Franco, Olga e Maurizio, per esserci stati, nonostante tutto.

A Francesco D.M., Michela R.d.T., Lucilla V., Ivano S., Flavio H. ed Emanuele T. per la complicità.

Grazie a Costantinos Kavafis (1863-1933). I versi de *La città* che ho citato sono stati tradotti da Margherita Dalmàti e Nelo Risi e pubblicati da Einaudi nella raccolta *Cinquantacinque poesie*.

A tutti quelli che ogni giorno mi dicono di non mollare affinché la legge sull'affidamento condiviso sia applicata concretamente e non solo formalmente, in nome della pari dignità sociale.

Ma soprattutto il grazie più grande a mio figlio Daniele.

A lui che ha dato un senso alla mia vita.

Ai suoi sorrisi e ai suoi abbracci che mi permettono di rialzarmi ogni volta che cado.

Con la voglia di andare avanti e non mollare mai.

Indice

Costruire una torre e poi buttarla giù 15
In punta di piedi nella tua vita 39
Per altre terre andrò per altro mare 67
Sì, ti prendo anche la luna 87
Primavera d'intorno 117

Nota dell'autore 151

Ringraziamenti 161

Fotocomposizione Editype s.r.l.
Agrate Brianza (Milano)

Finito di stampare
nel mese di gennaio 2012
per conto della Longanesi & C.
da Rotolito Lombarda S.p.A. - Seggiano di Pioltello (Mi)
Printed in Italy